AUG 1 0 2007

CISNE

Biblioteca

Corín Tellado

Corín Tellado nace en 1927, en Asturias, como María del Socorro Tellado López. En 1948 publica su primera novela, *Atrevida apuesta*. Considerada por la UNESCO como la escritora de lengua hispana más leída, junto a Cervantes, en 1994 aparece en el *Libro Guinness de los récords* como la escritora más vendida, con más de cuatrocientos millones de libros. Sus novelas se traducen a numerosos idiomas y es premiada en muchas ocasiones por sus méritos. Varias de sus novelas han sido llevadas al cine y a la televisión.

TU DESEO ME OFENDE

COLECCIÓN CISNE

Diseño de la portada: Departamento de diseño de Random
House Mondadori
Directora de arte: Marta Borrell
Diseñadora: Judith Sendra
Ilustración de la portada: © John Ennis/via Agentur Schlück
GMBH

Primera edición en España, 2004
Primera edición para EE.UU., 2006

ISBN: 0-307-37645-1

Impreso en México/ *Printed in Mexico*

Distributed by Random House, Inc.

Los sentimientos delicados que nos da la vida
yacen entumecidos en la mundanal confusión.

GOETHE

I

⊱⊰

irk Smith (treinta años, rubio, grandote, con cara de niño grande, ojos muy azules) se afeitaba ante el espejo de su cuarto de baño. No usaba la máquina porque producía un ruido infernal y, además, no lo dejaba bien rasurado.

El ventanal de su cuarto se hallaba abierto de par en par en aquella hermosa mañana de verano, y como el baño se incorporaba a la habitación, y aquel ventanal a dos metros escasos del baño, y el baño caía, como quien dice, sobre el jardín, oía cuanto ocurría bajo el porche.

—No tarde mucho en volver, Jane. Deje a los niños en el colegio y hágame el favor de regresar por la tienda. El pedido ya lo hice yo por teléfono. Diga, simplemente, que le entreguen el recado de los señores Smith.

—Sí, señorita Molly.

—Adiós, tía Molly.

Kirk oyó la voz de Molly, cálida, suave...

—A ser buenos, muchachos. Al mediodía iré yo a buscaros en el auto.

—¿Nos llevarás al parque, tía Molly?

Kirk dejó de afilar la navaja.

Se acercó con ella en la mano hacia el ventanal y asomó la cabeza. Por el sendero iba Jane con los dos niños de la mano. ¡Sus hijos! Hum... Vio también a Molly bajo la sombra del ciprés (esbelta, jovencita, femenina, sensible...). Hum. Toda ella hablaba de una íntima y fina sensibilidad.

Se puso una camisa limpia, unos pantalones canela, buscó la chaqueta sport que aún permanecía en el respaldo de la silla desde la noche anterior y se la puso con lentitud.

Iría a ver a Ivonne antes de salir. No desayunaba nunca en casa. Prefería hacerlo en una cafetería frente a su negocio de pinturas.

Atravesó su alcoba y se fue al pasillo. Miró aquí y allí. Todo estaba en orden. Un año antes aquello andaba manga por hombro. También es cierto que los niños contaban un año menos y que Jane se lo pasaba bomba sin que nadie le diera órdenes.

Suspiró, encaminándose hacia la puerta del fondo, en la cual llamó con los nudillos.

—Pasa —dijo la voz de Ivonne.

Kirk cruzó el umbral presuroso y se acercó al lecho donde yacía su mujer.

—Hola, querida. ¿Cómo has pasado la noche?

La enferma abrió los ojos con lentitud. Era una mujer de la edad aproximada de Kirk, aunque parecía mayor, dado los estragos que la enfermedad había hecho en ella. Tenía el cabello lacio de un rubio desvaído, las facciones abultadas, la boca crispada llena de diminutas arrugas.

—Hola, Kirk. ¿Ya te marchas?

—En realidad —dijo el marido estampando un beso en su frente— ya debería haberme ido. Fred siempre protesta y tiene toda la razón. ¿Cómo estás tú?

—Ya ves...

Kirk ya veía y ya sabía. Lo de Ivonne era cosa ya irreparable. Podía ser un año, meses, días... Roger Henin siempre le decía lo mismo: «Es un milagro que viva aún, Kirk. Con la lesión que tiene en el corazón no es posible soportar muchas embestidas. Hay que tener resignación».

¿Quién no la tenía?

—Los niños se habrán ido ya al colegio, ¿verdad?

—He oído a Molly despedirlos —dijo Kirk aún de pie.

—Pobre Molly —susurró la enferma con desaliento—. Vaya plaga que le cayó, con lo que ella tiene que hacer para sí... —Y con ansiedad—: Kirk, yo siempre pienso que no deberíamos sacrificar a Molly. Entre sus estudios y atender esta casa...

—Pero no podemos hacer otra cosa, Ivonne —susurró Kirk pacientemente—. Tú no puedes levantarte.

—Antes lo hacía. —Y con nueva ansiedad—: ¿No podías preguntarle a Roger si haciendo un esfuerzo...?

—No —cortó con dulzura el marido—. No, Ivonne. Yo también siento que Molly haya tenido que venir, pero... ¿qué podemos hacer? Nuestros hijos necesitan atención, ternura... Jane no basta. Es algo bestia y tú lo sabes. Si no hay mano firme que la dirija es capaz de estarse todo el día oyendo seriales de la radio y viendo la televisión.

—Sí, sí, ya entiendo...

Se oyeron pasos y entró Molly portando una bandeja con el desayuno de la enferma.

Al ver a Kirk allí, exclamó:

—Pensé que te habías ido ya.

—Me iba ahora mismo —murmuró Kirk, mirándola de forma rara—. Ivonne sigue insistiendo en levantarse y eso no puede ser.

Molly no dijo palabra. Era una chica joven (no más de veinte años) de cabellos castaños, ojos grises, esbelta, fina, silenciosa...

—Olvídate de eso, Ivonne —dijo después—. ¿Quieres hacer el favor de ayudarle a incorporarse, Kirk? Gracias.

Después puso la bandeja ante su hermana.

—Si supieras las pocas ganas que tengo de tomar nada, Molly.

—Tienes que hacer un esfuerzo.

Kirk se había retirado un poco y se hallaba de pie junto al ventanal. Miraba hacia la calle y le parecía que aquel sol hería sus ojos, y es que la situación tétrica de su hogar no concordaba con el día esplendoroso que hacía. Volvió los ojos hacia el lecho de su esposa y no vio a la enferma. Veía a Molly. La veía porque la miraba, ni más ni menos...

Fred Brown andaba regañando entre dientes. Removía papeles sobre el tablero de la mesa, entretanto Kirk se quitaba la chaqueta, la colgaba en el perchero y se iba a sentar a la suya. Pero ni aun así, Fred dejaba de regañar.

—Tú piensas que este negocio es mío tan sólo, ¿no? Pues es de los dos y ambos tenemos el deber de atenderlo. Cuando tú llegas, yo llevo aquí una buena hora y los obreros media abundante. Kirk, dice el refrán que «la hacienda el amo la vea» y tú andas como un sonámbulo. Yo ya sé que tienes tus cosas. Que te trastorna la enfermedad de tu mujer. Pero se me antoja que lo peor es... Ya sabes tú qué cosa es.

También lo sabía Kirk. Claro que sí.

Pero ¿qué iba a hacer él?

Nadie puede mandar en los sentimientos de uno. Ni uno mismo. Ni en los deseos que despiertan cuando menos los espera. Igual creía Fred que él no se condenaba por ello. Pues sí, se condenaba. Era un buen hombre, ¿no? Lo era. Se consideraba todo un hombre decente. Pero había cosas...

—Yo creo —seguía rezongando Fred— que debías arreglarte con Jane. ¿Por qué diablos admitiste que llegara ella?

Kirk se pasó los dedos por el pelo.

Era rubio, de un rubio espigoso.

Tenía los ojos demasiado abiertos.

—Cállate de una vez, Fred. ¿Quieres?

Fred dejó de revolver documentos y fue hacia la mesa de su amigo. Desde el despacho que compartían se oían los ruidos de la fábrica, las voces de los obreros. El tecleo de las máquinas de escribir.

—El negocio no va mal —decía Kirk para evitar que Fred continuara metiendo el dedo en la llaga.

—Pues claro que va muy bien. Yo puedo mantener mi hogar con holgura —añadió Fred pensativo—. Una muchacha para ayudar a mi mujer. Tengo tres hijos que van a buenos colegios, un auto para mí y otro para mi mujer. Y a ti te ocurre igual. —Bajó la voz, dejó de regañar para hacer confidencial su acento—. Kirk, ¿no podrías tú cambiar de muchacha y que atendiese ella a tu mujer?

—Desde que nació May, la pequeña, Ivonne se pasó los días, uno sí y otro no, en la cama, Fred. La enfermedad de Ivonne no tiene remedio. Se irá apagando poco a poco y un día fallecerá sin más, sin exhalar un suspiro. Todo eso lo sé. Y te aseguro que probé más de doce muchachas desde entonces. Mi casa era un caos. Mis hijos hacían lo que les daba la santa gana. Hay que tener en cuenta que Max tiene hoy cinco años y May tres... ¿Qué podía hacer una extraña con esos dos niños? Yo ocupado aquí... y mi casa a la deriva. —Suspiró asiendo las sienes con ambas manos—. No tuve más remedio que ir a ver a Molly. Ivonne no quería. Pero yo no soportaba aquel desbarajuste. Además... ¿le impido yo a Molly seguir estudiando? No va a la universidad, de acuerdo, ella lo ha preferido así. Pero estudia por libre y cursa tranquilamente segundo de derecho. ¿Qué más puedo hacer? Molly nunca se queja.

Fred dio un cigarrillo a Kirk.

—Fuma —dijo—. Creo que lo necesitas.

Kirk fumó aprisa. Tan aprisa y tan rápidamente aspiraba y expelía el humo que sus facciones quedaron como difuminadas entre las espesas volutas.

—Entiendo —dijo Fred al segundo— que lo peor no es Molly. Eres tú.

—Hum.

—Entre hallarse en una residencia de señoritas a estar en tu casa, la diferencia no es tanta. Pero tú sufres, ¿no? Es lo que tendrías que evitar. Tú, tú solo, Kirk. Mentalizarte para evitar lo que por lo visto no puedes.

No podía.

Ocurrió casi enseguida de llegar Molly a su casa.

Él era un tipo sencillo, normal, y, sin embargo, no le ocurrían cosas sencillas y normales.

—Todo me pilló desprevenido —adujo como defensa.

—Si un día Molly lo descubre, dejará tu casa y a tu mujer enferma y todo cuanto suponéis todos vosotros.

Lo sabía.

Fumó de nuevo y expelió el humo a borbotones.

—Yo nunca sentí estas cosas, Fred —dijo a regañadientes—. Yo amaba a Ivonne...

—Y la sigues amando, pero... de otra manera, ¿no es cierto, Kirk?

El aludido se puso en pie y empezó a pasear por el despacho de un lado a otro.

—¿No tenemos nada que hacer, Fred? —preguntó alterado—. ¿No podríamos dejar mis cosas a un lado? Bastante tengo yo con sufrirlas y dominarlas, ¿no te parece?

Y como Fred le miraba sin decir palabra, añadió desesperado:

—Nunca se me ocurrió engañar a mi mujer ni con el

pensamiento. Ivonne y yo éramos felices. Tú bien lo sabes. Nos casamos jóvenes, creo que los dos teníamos veinticuatro años. Hoy tenemos treinta, y si crees que no me duele ver a mi mujer postrada en el lecho, te equivocas. Daría lo que fuera por verla ir de un lado a otro como antes, vigilándolo todo, saliendo conmigo, jugando con los niños, bañándolos, acostándolos... Jamás pasó por mi mente engañar a Ivonne cuando tenía salud y ahora menos, que está enferma. Pero apareció Molly y yo soy un hombre sin esposa, ¿no?

Como tampoco Fred decía nada, Kirk se fue de nuevo a la mesa y se sentó ante ella, apretando las sienes con ambas manos.

—Pasará, ya verás.

—¿Cuándo?

—¡Diantre, Fred!, ¿por qué no va a pasar?

—¿Cuando muera tu mujer?

—¡Fred! De lo que me ocurre a mí, Molly no sabe nada. Ni lo sabrá jamás...

—No seas idiota, Kirk. Las mujeres, aunque sean tan jóvenes como tu cuñada, tienen un sexto sentido para captar ciertas cosas... No pensarás que una chica moderna como Molly que cursa segundo de derecho, que ha vivido entre sus amigos, que ha recorrido medio mundo en sus vacaciones, es una niña de teta.

Kirk se estremeció.

—¿Supones tú que Molly sabe...?

—No lo sé a ciencia cierta, pero tendrás que andar con cien ojos, con pies de plomo y con todo tu tacto y cautela para que no se entere.

Kirk se quitó las manos de las sienes y miró a su amigo con aquella expresión suya de niño asustado.

—Te aseguro que jamás le di motivos... ¡Jamás!

—¿Y tus ojos? —dijo Fred—. ¿Acaso crees que no expresan lo que sientes?

Kirk aplastó la mano sobre el tablero de la mesa y fue encogiendo los dedos con lentitud, desesperado y rabioso.

—Es un deseo. Un deseo carnal nada más, Fred. Tú lo sabes. No hay sentimientos hondos. Es la necesidad de un hombre que tiene la mujer enferma y... ve por casa una mujer sana y joven. Nada más que eso.

—Lo peor.

—¿Cómo dices?

—Que sientes por tu cuñada lo peor que se puede sentir. Aun si fueran sentimientos... podía uno disculpártelos. Pero eso...

—¿Y qué quieres que haga yo?

—Busca una amante —decidió Fred rotundo—. Mejor haces. Desahógate con ella.

—Fred, jamás engañé a Ivonne.

—No nos hagamos ilusiones, Kirk. No seas tan ciego. Ivonne jamás volverá a ser tu *mujer*. Es tu esposa. Una esposa enferma, la madre de tus hijos, la compañera que tú respetas. Pero como hombre que eres, no te servirá de nada. ¿Está claro?

—Yo no buscaré una amante. No quiero, ¿oyes?

II

Molly Birkin cerró el libro al oír el timbrazo.
Se levantó, llevó el libro a la estantería y
oyó los pasos de Jane cuando ya ella cruzaba el ancho
hall.

Oyó la voz de Roger Hanin, pero no se extrañó. Roger nunca faltaba a aquella hora de la mañana. Realmente ella consideraba que su hermana no necesitaba médico para curarse. No iba a curarse, pero al menos la visita diaria de Roger Hanin suponía un consuelo para la enferma.

—Hola, Molly, ¿cómo anda eso?

—Igual que todos los días, Roger —dijo sonriendo apenas.

El médico (sus buenos cincuenta años, campechano y grandote) se detuvo ante la joven y le palmeó el hombro.

—Tú sigues estudiando, ¿eh?

—Me he propuesto terminar —dijo Molly—. Además, tengo tiempo y no trastorno a nadie por causa de mis estudios. Lo que ocurre es que se presentan más difíciles porque ahora voy por libre. Ya sabe lo que es eso, Roger.

—Ciertamente. —Con la cartera de piel, ambos caminaban hacia los seis escalones que separaban la planta baja del segundo piso, especie de dúplex—. Tienes más mérito porque no es fácil hacer lo que tú haces. —Y bajando la voz—: ¿Cómo anda tu hermana?

—Allí, en cama... apagándose cada día más —comentó con hondo pesar.

—Estas cosas deshacen a uno —comentó el médico—. Te aseguro que he cobrado gran afecto a Ivonne y a todos vosotros. Al principio, antes de instalarte tú aquí, la cosa era de dolor. Ivonne intentaba por todos los medios arreglarse sola con la muchacha, pero cada semana había una nueva... La que más dura es Jane, y será, supongo, porque tú la metes en cintura.

—Qué remedio me queda.

—¿Qué dice Kirk a todo esto?

—Kirk nunca dice nada —indicó Molly con sencillez—. Apenas habla. Él anda a lo suyo y no nos falta nada. Es un buen hombre y está muy dolido, muy destrozado, pero nunca se queja.

—Un buen muchacho ese Kirk —ponderó el médico—. Te aseguro que yo veo cuadros parecidos y aun peores todos los días. Los vivo y los olvido. Pero esto... —Y mudamente, señaló la puerta del fondo—. Me conmueve muchísimo por Kirk, por los niños, por ti... Has hecho bien en venir, Molly. Te necesitaban mucho aquí. Lo que me pregunto es qué harás cuando ocurra el fatal desenlace.

Molly se menguó. Tenía los ojos húmedos y la boca un poco apretada.

—Durante los veranos —siseó confidencial— me gustaba irme por ahí con los compañeros de estudios. He recorrido casi todo el mundo. No crea que nos costaba demasiado dinero, pues ninguno de nosotros lo tenía. Nos íbamos como hippies y trabajábamos aquí y allí para mantenernos. Estuve en España, en Holanda, en Yugoslavia, en Inglaterra... Recorrimos todo África. Era muy divertido. A eso sí que tengo que renunciar. Y cuando falte Ivonne, no creo que tenga valor para dejar a sus hijos y a Kirk.

El médico se detuvo en el último escalón y lanzó una mirada admirativa hacia Molly. La joven vestía unos pantalones azules, muy ajustados en las caderas y cayendo anchos hacia abajo. Era bastante alta y muy esbelta. Cubría su busto con una blusita a cuadros de manga corta y abierta por los lados. El corto cabello de un castaño claro lo peinaba sencillamente hacia atrás. Pero lo que más admiraba el médico en ella eran sus ojos grises, glaucos, casi transparentes, como agua límpida.

—Kirk tendrá que volverse a casar —comentó el médico con sensible acento—. ¿Qué puede hacer un hombre de su edad? ¿Depender siempre de su cuñada?

—Es que yo no podré estar toda mi vida aquí, Roger —dijo Molly con sencillez—. Pretendo terminar la carrera y trabajar. Aquí estoy ahora por lo mucho que se me necesita. Pero esto no es mi vida.

—¿Crees que no lo entiendo? Anda, vamos a ver a Ivonne.

Poco había que ver.

Continuaba igual.

Postrada, pálida, ojerosa, más pronunciadas las arrugas, inmensamente delgada.

El médico charló con ella un buen rato sentado en el borde del lecho, le dio ánimos, la entretuvo y luego se despidió hasta el día siguiente.

—No dejes de darle las píldoras, Molly —le recomendó—. Y tú, Ivonne, ten un poco de paciencia.

—¿No podría levantarme? —preguntó anhelante.

El médico cambió una rápida mirada con Molly. Después dijo mansamente:

—Yo no te lo aconsejaría aún.

—¿Cuándo podré, Roger?

—Paciencia, paciencia.

—Pero es que yo no voy a estar abusando de mi hermana toda la vida.

—¿Se queja Molly? —Y mirando a la aludida—: ¿Es que tú quieres irte?

—Claro que no —protestó Molly, enérgicamente—. Yo puedo estudiar igual. Es lo único que me interesa —dijo riendo, con una risa falsa—. Además, estoy ahorrando dinero. Ya sabe que dispongo de una pequeña renta y de ella he vivido hasta ahora, pagándome mis libros y la residencia. Viviendo en esta casa, me ahorro lo de la residencia. —Acentuó su falsa sonrisa—. Lo comprende, ¿verdad, Roger?

—Claro. Y tu hermana con sus manías, pensando que estás aquí a la fuerza.

—Yo no quería que Kirk fuese a buscarla, Roger —insistió Ivonne.

—Y matarte tú, sin necesidad —adujo el médico—.

Anda, anda, tú estate ahí tranquila, que ya te cansarás de estar levantada.

Volvió a salir después de palmear cariñosamente el hombro de la enferma. Molly le acompañó hasta el porche en silencio. Pero allí, ambos se detuvieron.

—Molly, ¿es cierto que no te causa extorsión vivir aquí?

—Verá, Roger, a mí no me la causa. Le he dicho la verdad. Ahorro dinero. La renta de que dispongo es pequeña. Pero haciendo un trabajo aquí y otro allí, me iba ayudando. Mejor vivía a mi aire, por supuesto. Soy un poco bohemia. El dinero no me conmueve, no lo ambiciono, y con lo poco que tenía, me arreglaba. Si he de decirle la verdad, dada mi independencia, apenas si venía por casa de mi hermana, y eso que siempre he querido mucho a Ivonne. Ella renunció sin presión alguna a esa pequeña renta que quedó de nuestros padres, en favor mío. Ni Kirk ni ella necesitaban ese dinero y renunciaron a mi favor. Yo los sabía felices y sólo venía por aquí una vez cada dos o tres meses. Buffalo me resulta demasiado pequeño para mis independencias, y como no creía que ellos me necesitasen... Por eso, cuando me enteré por Kirk de la salud de Ivonne, no dudé en dejarlo todo y venirme aquí. Le aseguro que estoy contenta de poderles ayudar. Además, a fuerza de vivir con ellos, y aquí como usted sabe, llevo casi un año, he cobrado verdadero cariño a los niños y hasta a Kirk. Me da mucha pena de los dos, me refiero a Ivonne y Kirk.

—Kirk es un gran muchacho —ponderó Roger—. Un buen marido, un buen padre y un gran trabajador.

No sé si ellos te lo dirán, pero yo siempre viví en este barrio y les atendí como médico desde que se casaron y les tengo gran afecto. A decir verdad, cuando yo les conocí, Kirk era representante de pinturas y entre él y el que es hoy su socio, viajaban por todo el condado hasta que decidieron establecerse, lo cual, como sabes, no les salió nada mal.

—Ciertamente.

—Bueno, Molly, ya me marcho. Decirte de la salud de tu hermana, poco puedo. Sigue igual. Apagándose. Eso de levantarse es pura utopía. Jamás podrá volver a ser lo que era. Tiene una lesión sin cura posible. Le quedó del segundo embarazo, y el parto, como sabes, fue laborioso. No tendrá más hijos, ni tendrá más vida que la que ves. Bien, siento tener que llamarlo así, pero Kirk ya sabe todo esto y creo que tú también.

—Desde luego.

—Resignación, hijita. Hasta mañana.

—Hasta mañana, Roger.

Despedido el médico, se acordó de que tenía que ir a buscar a los niños al colegio.

El médico le había dicho más de una vez: «Al atardecer no la dejes sola demasiado tiempo. Decae, puede ocurrir algo sumamente grave».

Por eso ella subía a su cuarto y, sentada junto al ventanal abierto, estudiaba entretanto Ivonne dormitaba tendida en su lecho.

23

—Kirk no ha venido a comer, ¿verdad? —preguntó Ivonne desde la cama.

Molly cerró el libro de texto y alzó los ojos para mirar a su hermana.

—Ha llamado diciendo que no venía. Le dije que al regreso recogiera a los niños en el colegio. Supongo que estará al llegar.

Un silencio.

Después:

—Molly...

—Sí, Ivonne.

—Me siento muy angustiada. Kirk es joven, es fogoso... Yo...

—¿Quieres callarte?

—Eres tan joven —susurró Ivonne—, no te das cuenta de ciertas cosas. Kirk es un hombre honesto, pero yo preferiría que no lo fuese tanto.

—¿Por qué lo dices?

—No sé si lo entenderías —susurró Ivonne con desesperación—. Los hombres tienen necesidades... En fin, perdona que te hable de esto.

—No pensarás que pasé veinte años de mi vida chupándome el dedo, Ivonne.

A su pesar, la enferma sonrió.

—Ya sé que eres una chica de mundo y que comprendes esas cosas de las que te hablo. Pero yo sufro, ¿sabes?

—¿Por Kirk?

—Por la situación. Kirk es todo un hombre, y yo no puedo ser su mujer.

—Pues que se aguante, Ivonne, ¿qué vas a hacerle tú?

—Yo nada. Eso es lo que lamento. Aquí postrada y enferma... Molly, te lo tengo que decir. No sabes lo que daría por que Kirk no fuese tan honesto y buscase por ahí una amiga...

—¿Estás loca?

—Tú no sabes cómo es Kirk.

Claro que lo sabía.

Era un hombre silencioso, resignado, noble, honesto... amante de su casa y de sus hijos... como debía ser y nada más.

—Es hombre —dijo Ivonne a media voz— que no pasa fácilmente sin mujer.

—Ya te curarás, querida.

—Curarme... ¿Desde cuándo sueño con esa esperanza?

—Tendrás que tener resignación y Kirk también.

—Si Kirk nunca se queja.

Molly pensó que sería el colmo que Kirk se quejara.

¿Contra quién?

¿Contra el destino?

Ella le tenía simpatía a Kirk.

Incluso afecto. Era un hombre noblote y sencillo, pero no le interesaban las intimidades que Ivonne le estaba contando.

—Me duele eso —decía la enferma emperrada en su obsesión—. No sabes cuánto me duele ver a Kirk ahí sentado horas y horas. Por eso prefiero que no venga a comer.

—Pues casi siempre viene.

—Es lo que no quisiera. Prefiero saberlo en su trabajo. Sé que se entretiene. Fred, además, es un gran compañero y socio, amigo íntimo de Kirk, Molly, ¿te dije alguna vez que fui muy feliz con Kirk?

—Sí, sí, querida, me lo has repetido cientos de veces.

—Kirk es hombre fogoso, lleno de vigor y vitalidad. Molly, ¿crees que podré, algún día, volver a ser su amada mujer?

Se oía el motor de un auto.

—Viene Kirk con los niños, Ivonne. No te quejes tanto, querida mía. Voy a recibir a los niños. Te aseguro que hay que meterlos un poco en cintura. Son muy revoltosos.

—Cuánto trabajo te estamos dando, Molly.

—¿Qué tonterías dices?

—Tú vivías tu vida, a tu manera, en un ambiente que te agradaba. Daría algo porque volvieras a él, Molly.

—No lo haré, mientras tú me necesites.

—Pero es que yo no quisiera tener que necesitarte.

—¿Quieres callarte? He de bajar.

—Molly.

La joven se detuvo en el umbral.

—Di, querida.

—No te dejo estudiar.

—Tú tranquila, ¿eh? Yo estudio lo que necesito y asimilo bien. Estoy habituada al estudio y me cuesta poco trabajo. Ya verás cómo apruebo segundo de derecho.

III

Vivían en una avenida residencial de la ciudad de Buffalo. Cuando Kirk era un simple viajante de pinturas, ocupaban un piso en un barrio comercial, pero cuando Ivonne quedó embarazada de Max, ya Kirk y Fred decidieron establecerse y antes de que naciera Max, Kirk agarró a su mujer y compró a crédito aquel chalecito en la avenida residencial.

A la sazón, ya no debían ni una sola letra y todo cuanto poseían les pertenecía. No es que fuesen millonarios ni mucho menos, pero el negocio había ido bien, estaba saneado y producía lo suficiente para vivir espléndidamente y ahorrar algún dinero, de lo cual Kirk se encargaba.

La avenida era ancha y larga y a ambos lados se alzaban chalecitos no demasiado grandes, pero sí muy coquetones pertenecientes a personas acomodadas. Por dentro, el chalecito era una especie de dúplex confortable, bien amueblado y con mucho gusto, pues a Ivonne le había faltado la salud, pero no el buen gusto.

En aquel instante, Molly dejó la alcoba de su hermana, llevó el libro de texto a su cuarto y salió de nuevo hacia el porche con el fin de hacerse cargo de los niños, prepararlos para el baño, darles la comida y acostarlos.

Más tarde, Jane hacía la comida de la noche y ella y Kirk comían en la terraza si era verano o en el *living* si era invierno.

Iba bien avanzada la primavera y aún comían en el *living*.

Molly atravesó el vestíbulo y se dirigió al porche. Un sendero iba desde éste hasta la verja del jardín que se abría sola cuando el auto rodaba por cierto lugar próximo a la verja corrediza. En aquel momento se estaba abriendo y los dos niños, al ver a su tía bajo el porche, empezaron a gritar, llamándola:

—¡Tía Molly!

—¡Tía Molly!

—Callaos —rezongó Kirk—, parecéis locos.

—¿No ves a tía Molly?

Kirk entrecerró los ojos. Él no podía jamás dejar de ver a Molly. Es más, por verla, la veía hasta en sus libros de cuentas de la oficina.

—Hum —refunfuñó, y fue a detener el auto ante el pequeño garaje.

Molly ya estaba allí, con sus pantalones azules, su blusa a cuadros de manga corta, su aire de intelectual... su sensibilidad que parecía saltar a flor de piel...

—Hola, Kirk —saludó la joven—. Hola, muchachos.

Los dos niños saltaron del auto y se lanzaron a sus brazos. Molly lanzó una breve mirada a su cuñado que descendía sin demasiada prisa, y con los dos niños de la mano, entró en la casa.

Él aún volvió a subir al auto, lo metió en el garaje, pues no pensaba salir hasta la mañana siguiente, y salió de nuevo con su andar lento y perezoso.

Era alto y delgado. Algo desgarbado, un poco peco-so, rubio, de ojos muy azules. Tenía expresión cansada, como si estuviera harto de todo, como de un hombre dolido y doblegado.

El jardín olía bien. Empezaba a florecer y había plantas y flores por todas partes, y eso que el jardín no era grande. La pequeña terraza se hallaba materialmen-te cubierta de macetas y las plantas y las flores col-gaban como si fuese un emparrado. El hogar tenía un sabor especial. Cuando Ivonne andaba por la casa dis-poniéndolo todo, ya tenía aquel sabor. Él pensó que al llegar Molly, que al fin y al cabo era una bohemia inte-lectual, la cosa cambiaría. Pero lo curioso era que Molly tenía cualidades insospechadas. Igual se liaba a disertar sobre filosofía, literatura, que contaba uno por uno los artículos del código, y, sin embargo, era una perfecta ama de casa. Ni un detalle le pasaba inadverti-do. Que si los niños necesitaban vitaminas, que si el baño de los dos muchachos, que si la medicina de Ivonne, que si sus propias camisas... La comida siem-pre a su hora y todo en su debido lugar. Molly era una chica que valía para todo y además... inmensamente atractiva y escandalosamente joven...

Bajó la persiana del garaje y entró en la casa a paso corto. Con las manos en los bolsillos del pantalón, la chaqueta un poco arremangada, aquel aire desvaído...

Oyó la voz de sus hijos y el chapoteo del agua y la

voz de Molly imponiendo orden y a Jane preguntando si preparaba la comida de los niños.

Todo tenía el mismo sabor de hogar de siempre. Eso era lo peor. Si al menos Molly fuese una intelectual desordenada...

Se encaminó a los seis escalones que lo separaban de la segunda planta, caminó hacia la puerta del fondo y se coló en la alcoba de su mujer. Hacía tiempo que no compartía aquella alcoba, sino una muy próxima. Fue la misma Ivonne quien, muy delicadamente, se lo pidió.

«Suelo sufrir insomnio, Kirk —le había dicho Ivonne sonriente, con aquella mueca muda y triste en el dibujo descolorido de sus labios—. Prefiero que duermas en otro cuarto. Ese que tenemos vacío, que siempre destinamos a unos huéspedes que jamás vinieron, te puede servir.»

Roger también lo recomendó, y él, resignadamente o tal vez en el fondo liberado, se fue de aquel cuarto y se instaló en el otro.

—¿Eres tú, Kirk?

El hombre entró y se acercó al lecho a paso corto, lento, como hacía siempre.

—Hola, Ivo... ¿cómo anda eso? —Y falsamente animado—: Tienes un semblante estupendo.

—Hola, querido —dijo Ivonne, pasando por alto el cumplido—. ¿Qué tal tus cosas?

Kirk la besó en el pelo y se sentó al borde de la cama.

—Bien. Todo marcha estupendamente. El negocio va viento en popa. Fred y yo trabajamos, pero con buenos resultados. —Lanzó un suspiro—. Nunca pudimos hacer mejor cosa, Ivo, que montar la pequeña fábrica de pinturas. Es más, estamos pensando que si continuamos un año más a este ritmo, un día cualquiera tendremos que ampliar el negocio. Ha sido una buena cosa.

—No has venido a almorzar —dijo sin preguntar.

—Imposible. Fred y yo hemos pedido la comida a la oficina. Ya sabes que tenemos un bar enfrente y nos sirven una buena comida. Cada día se acumula más trabajo. Llamé preguntando por ti... ya te lo habrá dicho Jane. Molly no estaba.

—Ha ido a la facultad un rato, pero ha venido enseguida. Oye, Kirk... —La enferma parecía un poco temblorosa—. ¿No crees que abusamos un poco de ella?

—¿De... Molly?

—Sí, es joven, libre, independiente... No tenemos derecho a tenerla aquí presa. Ella siempre tuvo sus amigos, sus ocupaciones...

La entrada de los niños a decirle adiós a su madre hasta el día siguiente, impidió a Kirk responder.

No sabía lo que notaba.

Algo.

Era como si se prendiera en su subconsciente. Pero no sabía darle nombre. Claro que tampoco tenía demasiado tiempo para detenerse a pensar en ello. Ni deseaba tampoco pensar, pues si bien vivía el problema de su hermana y cuñado, tenía demasiadas cosas propias en que pensar.

Tal vez todo se debía a la latente preocupación de Kirk, a la enfermedad incurable de Ivonne, al barullo que armaban los niños.

—La mesa está puesta, Kirk —le dijo desde el umbral.

Kirk se hallaba en la salita, junto a una esquina del diván, con el periódico de la tarde abierto ante sí. Al oír la voz de Molly se levantó, dobló el periódico y se dirigió al *living*, donde la mesa estaba lista, correctamente puesta y a Jane con su uniforme limpio yendo de aquí para allí.

Se sentaron ambos a la mesa y Kirk dijo de súbito:

—Oye, Ivo está intranquila por ti.

Molly alzó vivamente su hermosa cabeza y sus grises ojos se fijaron en el rostro de su cuñado.

—¿Preocupada por qué?

—Dice que abusamos de ti.

—Qué estupidez.

—De todos modos, es posible que Ivo tenga razón, ¿no? Tú eres una intelectual y aquí estás haciendo de ama de casa.

—Soy una intelectual que nunca olvidó sus deberes de mujer para consigo misma y los demás —cortó Molly con amabilidad—. Desde que yo recuerdo he lavado mi ropa, he hecho mi comida cuando no comía cualquier cosa por cualquier cafetería, y hasta me he dedicado a cuidar niños por las noches, ¿no lo sabías?

—Algo, sí...

—¿Algo qué?

Notó que él no la miraba de frente.

Era lo peor que tenía Kirk.

Al principio hablaban más. Como dos buenos amigos.

Después, poco a poco, Kirk dejó de entablar conversaciones normales, dejó de mirarla directamente a los ojos...

Ella tenía demasiada andadura, pese a sus veinte años, para no darse cuenta de que algo no andaba bien entre ella y Kirk. Tal vez a Kirk le pesaba aquella intromisión y quizá prefiriera verse solo con sus hijos y la muchacha. Pero tampoco podía ser eso. Kirk era un hombre correcto y agradecido...

Y por otra parte, aquella casa sin una mano firme como la suya, andaría a la deriva.

—Que no te dieron nada.

—Desde los quince años, ando por ahí. —Molly rió con naturalidad—. De residencia en residencia. Terminé el bachillerato y durante un año y medio me dediqué a viajar. Pero no en plan de lujo —añadió reflexiva, como si le complaciera recordar en voz alta—. Trabajando. Hice de todo. Desde señorita para niños, a ama de llaves de un viejo cascarrabias. Además, en la residencia trabajamos todas. Tenemos una agencia que nos llama tan pronto para cuidar durante las noches a un enfermo, como para velarle si se muere, o cuidarnos de niños cuyos padres desean salir. No me asusta nada, Kirk, te lo aseguro.

—Si todo eso lo sabe tu hermana, no sé por qué se preocupa tanto.

—No se preocupa por mí —le dijo Molly, pensativa—. Yo creo que tan mal se encuentra que, sin darse cuenta, se preocupa por todo para evitar así pensar en sí misma.

—Es posible.

Jane servía el asado.

—Los niños ya se han dormido, señorita Molly.

—Falta hace —murmuró Molly, con naturalidad—.

Cuando ellos están en casa, si no duermen chillan y molestan a la madre.

—¿Sirvo el postre, señorita Molly?

—Claro, Jane.

Después, volvió a mirar a Kirk y se topó con sus ojos.

Pero sólo fue un segundo, porque Kirk apartó los suyos, como si huyese.

Molly arrugó el ceño. Hacía tiempo que lo notaba. Aquella mirada huidiza, aquella parquedad en la conversación...

Se alzó de hombros. Tenía demasiadas cosas en que pensar para detenerse en Kirk. Al fin y al cabo, seguramente Kirk, por razón de cariño, de nobleza personal, de amor hacia su esposa, estaría preocupado y de hecho tenía que estarlo.

—A mí no me asusta nada —aclaró, como si le interesara dejar aquello bien puntualizado—. Estoy habituada a todo. Mis vivencias no fueron fáciles.

Y de darse gusto, hubiera añadido: «Y si bien carecía de casi todo, nunca os pedí nada. Vivía mi vida a mi manera y creo que fue una buena manera de vivir, pues me dio experiencia y resignación, o lo que es mejor, paciencia para soportar las contrariedades. Por esa razón no me asusta este problema. Me duele porque es mi hermana, pero no me asusta».

En cambio, en voz alta, añadió tras una pausa:

—Lo mejor es que convenzas a Ivo para que se preocupe de ella tan sólo. Lo demás llega por sí solo.

—¿Y qué es lo demás?

—Todo. La casa, los niños, tú, mis estudios... Yo no

voy a dejar mis estudios por nada y sé compaginarlo todo, porque de no haber sabido, tampoco sabría estudiar, y es lo que más me gusta. No pienso moverme de aquí entretanto vosotros me necesitéis.

—Pero es que Ivo tanto puede vivir un año como dos días, como una hora, ¿lo sabías?

—Roger estuvo hoy aquí. No se anda con chiquitas para reflejar el verdadero estado de Ivo. Ve tomándola tú, la resolución final, con dosificación, para que luego no te produzca un trauma. Yo ya estoy preparada.

—Es fácil.

—¿Fácil?

—Decir —murmuró, desalentado—. Pero difícil de asimilar.

—Hay una cosa contra la cual ni tú ni nadie puede luchar. Algo que les llega a los pobres y a los ricos, a los feos y a los guapos, a los tullidos y a los esbeltos perfectos, Kirk. Esa cosa es la muerte. Así debes pensar en ella.

Kirk se levantó y fue a buscar una copa.

Regresó con ella y se sirvió un brandy.

—¿Quieres?

—Nunca tomo alcohol —dijo Molly, amablemente.

—Tengo que tomar algo. Todo lo que dices es verdad. Lo entiendo así, pero no hay nada más inconformista que el ser humano. Yo no dejo de ser un ser humano vulnerable a las rebeldías íntimas.

Molly recogió los platos, los amontonó y se puso en pie, cargando con ellos hacia la cocina.

—Pues de nada va a servirte —dijo antes de desaparecer.

IV

No supo qué día se dio cuenta.

Y tanto se sobresaltó, que durante un rato quedó tensa y rígida.

Después sacudió la cabeza.

«Se le pasará», pensó.

Tenía veinte años, pero su andadura era muy larga. A veces, le parecía que tenía sesenta años.

Por eso se percató de lo que pasaba.

Se percató un día cualquiera.

Fue así.

Kirk acababa de llegar. Los niños estaban en el lecho. Comieron ambos uno enfrente del otro. La conversación, como siempre de un tiempo a aquella parte, fue parca y deshilvanada.

Fue cuando Kirk se levantó para buscar el brandy y ella lo hizo a su vez con los platos en ambas manos.

Al girar, ambos se toparon. Kirk se tambaleó al tropezar con ella. Sus azules ojos la miraron fija y quietamente. Una mano sujetaba la copa de brandy, la otra fue directamente a sostener a Molly, que se habría caído con los platos si él no la hubiera sostenido.

Fue en la forma de asir su brazo.

Los dedos parecían garfios.

Se crisparon en su carne.

Se agitaron.

Parpadearon los ojos.

Hubo un súbito deslumbramiento y después abatió los párpados y soltó el brazo demasiado deprisa, como si le quemara.

Molly no durmió aquella noche.

¿Cómo era posible que un tipo tan noblote como Kirk...?

Reflexionó.

Podía ser noble, y de hecho lo era, pero... había cosas que uno no podía dominar. ¿La falta de mujer? ¿La soledad de aquel hogar en el cual casi siempre, a aquella hora, estaban solos? Pues el hecho de que hubiese una enferma, una muchacha y dos niños, no evitaba que a la vez ambos estuvieran solos.

Personal como era, decidió tomar las cosas con calma. No alterarse.

No darse por aludida.

Se le pasaría.

Era todo pasajero, o debía serlo.

Ya no se preguntaba por qué los ojos de Kirk la rehuían. Ni por qué su voz era ronca al dirigirse a ella, ni por qué evitaba verla a solas, salvo en las comidas que nadie podía evitar.

Pensó, también, que le haría un bien evitándolas.

Pero... ¿cómo?

Sería como darse por aludida.

—Te veo algo pensativa, Molly —le decía a veces su hermana.

Lo estaba mucho.

Jamás pensó en tales cosas.

De un tiempo a aquella parte se vio obligada a pensar y ello le causaba pesares y sobresaltos.

En ningún momento trató de verse a sí misma emparejada con Kirk. ¡Qué atrocidad! Lo desvió de su mente y estudió con más firmeza.

Intentar salir con sus amigos, no era posible. No podía olvidar sus deberes para hacer de nuevo su vida un poco bohemia, sus tertulias literarias, sus debates políticos...

Eso pertenecía al pasado. Cuando todo terminara... tiempo tendría de emprender de nuevo su propia vida. De momento, ella estaba consagrada al deber de permanecer en casa de su hermana, aunque el marido de aquélla... sintiese *aquello* por ella...

¡*Aquello*! ¿Qué era aquello en realidad?

—Un día de éstos faltaré casi todo el día —dijo Molly—. Ya sabes que se aproximan los exámenes.

—Claro, Molly.

—Se lo diré a Kirk, para que esté a tu lado ese día.

—¿Y por qué? No va a pasar nada.

—Pero tendrá que estar junto a ti. Sola no puedes quedarte, y Jane es como si no estuviera nadie.

Ivonne quedó postrada en el lecho, aunque hizo un esfuerzo por incorporarse.

—¿Sabes, Molly?

—¿Saber?

—Que me duele tener que amarrar a Kirk al pie de

La enferma tenía los ojos húmedos. Le temblaban los descoloridos labios.

—Me obsesionan mis hijos, Kirk... Molly, no. Ya sé que Molly se las ventila sola. Siempre lo ha hecho. Es inteligente, personal, fuerte... Por eso quisiera pensar que se quedará junto a ellos. Kirk parece muy fuerte, pero es débil.

—Ivonne, no puedes pensar eso.

—Pues lo hago.

—¿Y qué vas a hacer?

—No lo sé. Por eso me alegro que hoy estemos solos. Quería hablarle a usted antes que a ellos.

Roger se agitó.

—¿Es que vas a hablarles a ellos?

—Por separado.

—Ivonne... —El doctor se enojó—. No tienes derecho a presionar así sus vidas.

Ya lo sabía.

Pero iba a morirse y el solo pensamiento de dejar a Kirk sin compañera, a sus hijos a la deriva, le hacía ser egoísta.

—Kirk accederá.

—¿Qué dices?

—Kirk es dócil. Molly es buena. ¿Por qué no?

—Mira, hija, yo creo que te pasas en cuanto a previsora. Deja las cosas como están. Es mejor para todos.

—No puedo.

—Pero...

Ivonne juntó ambas manos y las metió apretadas bajo la barbilla.

mi lecho. Me da más rabia... —Y con los ojos brillantes por el llanto—: Un hombre nunca deja de ser un hombre, y a mí me duele que Kirk que tanto me ha querido, tenga ahora que compadecerme.

—Si miras las cosas desde ese punto, estás sufriendo.

—¿Y crees que no sufro?

Ya lo sabía.

Pero no quiso admitirlo y se echó a reír.

—Son figuraciones tuyas. Cuando te pongas bien...

—¿Ponerme bien?

—Claro.

—Yo no me pondré bien nunca más, Molly. ¿Para qué vamos a engañarnos?

—¿Y por qué estás tan pesimista?

—Perdona. Después de todo lo que tú sacrificas por ser amable y trabajadora en esta casa, no tengo derecho a inquietarte.

—Si callaras.

—No puedo, Molly. Pienso.

—¿Y quién no piensa?

—Mucha gente. Dichosos ellos. Oye...

—Sí.

—Molly. ¿Y el futuro?

Molly se estremeció a su pesar.

No obstante, se hizo la desentendida.

—Deja el futuro en paz.

—Es que para mí, tiene más importancia que el presente y el pasado.

—De todas maneras, no olvides que no hay futuro.

—¿No?

—Claro que no.

—Eso lo decís los que estudiáis tanto, pero yo digo que lo hay y de él me preocupo y en él pienso.

Pero no le preguntó qué pensaba.

De repente le daba miedo averiguarlo, porque, aun sin proponérselo, casi se sentía como dentro del cerebro de su hermana.

Por eso trató de disculparse aduciendo sus estudios.

No obstante sabía que un día u otro Ivonne la abordaría con aquel *futuro*. Ella no estaba dispuesta a tomar parte en él. Podía atender a su hermana, sacrificar muchas cosas en bien de ella y de sus sobrinos e incluso de su cuñado. Pero entregar el futuro a Ivonne, no.

—Volveré luego a hacerte compañía, Ivo —dijo—. Tengo mucho que estudiar.

—¿Tampoco Kirk ha venido hoy a comer?

—No. —Y se alegraba por ello—. Ya sabes que la fábrica está ampliándose... Todo el tiempo es poco.

—Lo comprendo. Pero...

—¿Pero...?

—Nada, nada. Vete a estudiar. Si viene Roger, sube con él.

—Desde luego, Ivo...

Primero se lo dijo a Roger.

Aprovechó que se había quedado a solas con él justo en el momento que Roger llegó a su casa y Molly se iba a la facultad.

—Roger, tengo que decirle algo.

—¿Sí? —preguntó Roger.

Y pacientemente, se sentó en el borde del lecho.

—Verá, Roger, yo sé que me voy a morir.

Roger levantó la voz:

—¿Quién diablos dijo eso?

—Yo —replicó Ivonne con firmeza—. Lo sé. No sé cuándo, pero ocurrirá.

—¿Y puedes decirme a quién no le va a ocurrir?

—Esto es distinto. Yo estoy resignada. No me asusto, Roger. Ya no. Al principio, me costó aceptarlo, pero ahora ya estoy mentalizada. Por eso quisiera hablarle.

—¿A mí?

—De ellos. De todos.

Roger no la entendía.

Intentaba convencerla de que no iba a morirse, pero Ivonne, obsesionada con su idea, no le permitía hablar.

—Se trata de mi familia.

—¿Y bien?

—Me gustaría que Molly y Kirk un día... —vaciló. Roger adivinó lo que iba a decir y a su pesar, se estremeció—. Me gustaría que formaran una familia.

—Una...

—Familia. ¿Cree que si se lo digo a Kirk se enfadará? Roger reflexionó.

—Yo creo que son cosas muy delicadas.

—Me dan miedo mis hijos.

—Pero tus hijos tienen un padre.

—¿Y qué madre les dará Kirk?

—Ivonne, no puedes disponer así de la vida de los demás.

—Kirk solo con dos hijos pequeños... Yo no viviré mucho, Roger. Lo sé. Un mes, dos días, seis meses... Tengo que hablar de eso. Primero hablaré con Kirk.

—¿Y vas a destrozar así a tu marido?

—Mi marido sabe cuán grave estoy. Tal vez él piensa en el futuro tanto o más que yo. ¿Qué va a hacer con los dos niños? ¿Qué madrastra va a traerles?

—¡Ivonne!

—Necesito morirme sabiendo que esa madre será Molly.

—Pero es que Molly y Kirk son diferentes. Sus vidas discurren por cauces opuestos. ¿No lo entiendes? A mí no me extrañaría nada que tu hermana llegara a diputado, pero lo que sí sé seguro es que Kirk jamás dejará de ser un fabricante de pinturas. Tú eras su mujer. La mujer que iba al modo de ser de Kirk. Pero Molly... no. Rotundamente, no.

—Es mujer, Roger.

—Mujer intelectual, con múltiples inquietudes que ni tú ni Kirk comprenderíais jamás. La diferencia es ésa.

No la convenció.

Pero fue igual.

Cuando dos días después pilló a Kirk solo, le dijo con suavidad:

—Kirk, siéntate aquí.

Y mostraba el borde de su propio lecho.

Los niños se habían acostado. Jane andaba por la cocina. Molly estaba en su cuarto, estudiando.

Kirk asió la mano de la enferma y la oprimió entre las dos suyas.

V

$\mathcal{N}$o sé si te enfadarás mucho por lo que voy a decirte, Kirk. Me gustaría que me escucharas con calma, sin alterarte, sin decirme nada hasta el final.

—¿Qué final? —preguntó Kirk, entre asombrado y complacido—. Yo escucho cuanto tú quieras decirme y permaneceré silencioso escuchándote todo el tiempo que tú quieras. Pero no te fatigues, Ivo. Necesitas reposo. Tienes que ponerte bien, curarte totalmente y volver a ser la mujer que siempre has sido.

Era una piadosa esperanza que no compartía. Que Kirk le daba con el fin de suavizar asperezas y penas.

Pero Ivonne no hizo hincapié en ello. Ella tenía sus planes e iba a exponerlos. Lo pensó antes de hacerlo.

Roger podía pensar lo que quisiera. Que Molly era una mujer no adaptada a Kirk, que Kirk y Molly eran opuestos. Pero ella pensaba que al fin y al cabo y por encima de la intelectualidad de Molly y la simplicidad de Kirk, ambos eran un hombre y una mujer, y eso, según su propia opinión, era más que suficiente.

—Kirk —dijo después de un rato de silencio—, estoy pensando siempre en el futuro.

—No debes —la apaciguó Kirk, con ternura.

La sentía por su mujer.

Verdadera, profunda. Piadosa hasta el infinito. Lo que sentía por Molly era otra cosa y no impedía que su propia esposa le inspirase aquella inmensa ternura.

—Debo —dijo Ivonne con súbita firmeza—. Pienso en tu soledad, en la de mis hijos, en el futuro de tu vida, Kirk... No podemos engañarnos ni vivir en una falsedad absurda. Yo sé que voy a morir. No, no me mires así. Yo me he adaptado ya a lo irremediable. Lo acepto, y si me duele, ya me habitué a doblegar su dolor. Estoy dispuesta. Puede ocurrir un día cualquiera y no creas que me voy a desesperar.

—Pero... Ivo...

—Eso es lo que me inquieta, Kirk. No el que yo falte. Lo que será de vosotros ese día y todos los demás días que componen una vida.

—Pero, Ivo...

—Por eso he pensado por ti, Kirk.

—¿Pensado?

Y Kirk hizo la pregunta con ronco acento.

Experimentaba un profundo dolor. Nada tenía que ver lo uno con lo otro. Él hubiera dado algo porque Ivonne se recuperara y volver a empezar la vida en común, amándose, considerándose, respetándose como siempre se habían considerado, querido y respetado. Es más, estaba seguro que si aquello ocurriese, sus malos pensamientos con respecto a Molly se desvanecerían.

—Sí, sí, en ti. Te volverás a casar.

Kirk se levantó. Dio una patada en el suelo.

—¿Quieres callarte? —gritó.

—Siéntate de nuevo, Kirk. Estamos solos. Yo esperaba hace días este instante para hablarte. Nadie puede oírnos. Tenemos que ser conscientes de la realidad. Dime, Kirk, querido, por favor, ¿no sientes nada por mi hermana Molly?

Kirk no se sentó. Giró sobre sí.

Apretó los puños y la boca.

De espaldas a su mujer, se diría que de repente se convertía en un fantasma o en una estatua inamovible.

—¡Kirk!

—¿Qué quieres decir? —preguntó él despacio, girando muy lentamente.

Se encontraron sus ojos. Hubo un silencio.

Después, Ivonne dijo bajísimo, con suma ternura.

—Nada me gustaría más, Kirk, que os casarais cuando yo falte. ¿Entiendes? Ya sé que soy egoísta, pero así, yo moriría tranquila.

—Si no te callas...

—Kirk, no te desesperes. Hablemos con sencillez, con sensatez. ¿Te sería muy difícil hacer a Molly tu mujer?

Kirk entornó los párpados.

Por un segundo se vio convertido en esposo de Molly y se estremeció de pies a cabeza.

La deseaba. Como un bárbaro maldito. ¿Amor? ¿Era aquello amor?

Abrió los ojos y apretó los labios.

—Kirk, me has oído, ¿verdad?

—¿Por qué no se lo preguntas a tu hermana? —dijo, desabrido—. Yo no pienso casarme de nuevo. No se me ha pasado por la mente.

—Pues debiera pasarte. Al fin y al cabo, el dolor de perder a un ser querido, se ahuyenta pronto. Aunque uno no quiera, Kirk. Además, incluso se puede recordar con ternura al ser perdido y sentir la necesidad de rehacer la vida. Eres joven. Tienes dos niños muy pequeños. ¿Qué vas a hacer solo? Molly no estará a tu lado toda la vida. Pero sí estará si la haces tu mujer.

—¿Es que dispones tú de la vida de todos, Ivonne? —gritó, enojado a su pesar.

—No, ya sé que no. Pero...

—Pues cállate ya. Y, por favor, no le hagas la pregunta a Molly. Sería absurdo. Por otra parte —dijo sin ninguna convicción, pero creyendo que la ponía en la voz— tú no vas a morir. ¿Quién habla de eso? Voy a pensar que te estás poniendo neurasténica, Ivo.

—De todos modos, dame tu palabra de que antes de casarte con otra mujer, invitarás a Molly a continuar la vida a tu lado como esposa. Puede rechazarte, Kirk, lo sé. Pero dame tu palabra de que antes de dar una madre a tus hijos, le preguntarás a Molly si quiere serlo ella.

—Ivo... Ivo... —Casi se ahogaba la voz ronca de Kirk—. Ivo... yo...

—Por favor, dame tu palabra, Kirk.

El marido apretó los labios. Después giró sobre sí, pero antes de alejarse, dijo entre dientes:

—Te doy mi palabra de que... se lo preguntaré. Pero ten por seguro...

—Me basta eso, Kirk —le cortó la esposa—. Me basta eso, sí...

Tuvo la ocasión dos días después.

Jane se había ido a buscar a los niños. Kirk había ido a Boston por sus negocios y no regresaría hasta el día siguiente. Molly se hallaba sentada junto al ventanal abierto con el libro de texto abierto en las rodillas.

Ivonne parecía dormitar, pero no era así. Había esperado aquel momento dos días seguidos y le parecía que nunca como ahora podría abordar el tema.

—Molly, ¿te falta mucho?

La joven levantó la mirada.

Estaba hermosa. Su juventud resultaba casi insultante, comparada con la ajada y agotada mujer que descansaba en su lecho.

Vestía pantalones tejanos pespunteados, una camisa de manga corta de color azulino. Calzaba mocasines. Peinaba el leonado cabello en una melena corta sin ningún artificio. No había pintura en su rostro. Resultaba de una frescura y una belleza natural poco común.

Cerró el libro y se levantó.

—Puedo dejarlo cuando gustes, Ivo —dijo—. Realmente los exámenes fuertes ya los he pasado. Sin duda podré matricularme en tercero el año próximo, pues espero no dejarme nada.

—¿No es demasiado sacrificio para ti estudiar y hacer de ama de casa?

Molly rió de buena gana. Tenía una dentadura perfecta, blanca e igual. Una boca de labios finos y bien dibujados.

—En modo alguno, Ivo, ¡qué cosas dices! Para mí, estudiar es como para otros leer algo frívolo y divertido. Mi cerebro está abierto a la comprensión intelectual. Ten presente que jamás dejé de hacerlo y que compaginé mis viajes y toda mi vida con el estudio. Es más, cuando viajo, es como si continuara estudiando porque me intereso por todo lo cultural, y a la par que viajo, me ilustro.

—Siéntate en el borde de mi cama, Molly. Si ya no necesitas estudiar, me gustaría hablar contigo.

—¿Te sientes mal?

—Nunca me siento bien —dijo Ivonne con naturalidad—. Pero tampoco eso me pilla a mí de sorpresa. No podemos engañarnos, Molly. Tú siempre fuiste más fuerte que yo, más decidida, incluso más compleja, pero eficiente y fuerte. Tal vez menos afectiva, menos sentimental...

Molly emitió una risita ahogada.

—Si en el fondo soy una sentimental, Ivo.

—Es posible, pero te dosificas, te doblegas. Sabes doblegarte. Eso es lo que yo sé. El otro día, tú y yo empezamos a hablar del futuro. Tú dices que no existe, yo digo que sí. Que puedo morir en un momento cualquiera, pero siempre existe, está a la vuelta de la esquina, como acechando.

—¿A qué lleva todo eso, Ivo?

—Es que mi vida no se resume al presente, sino al futuro. Tengo dos hijos muy pequeños. Un marido joven que me ha querido y que hoy me compadece y me quiere, pero con un cariño muy diferente al que yo siempre ambicioné para mí, partiendo de Kirk. Lo entiendes, ¿verdad?

Claro.

Pero sacudió la cabeza, negando:

—¿Tú crees en el amor, Molly?

La joven no dio un salto.

Al contrario, se quedó inmóvil, sentada en el borde de la cama de la enferma y asió los débiles dedos de su hermana, oprimiéndolos entre los suyos.

—Ivonne, estás rara esta tarde.

—Estoy sensible y temerosa.

—¿Temerosa de qué?

—De todo. Menos de la muerte que me acecha. No, no me mires así. No tratemos de engañarnos mutuamente. Yo sé que llegará pronto. Un día cualquiera. La verdad, Molly querida, no le tengo miedo. Tengo miedo al sufrimiento, a la muerte, no. Me mentalicé para morir joven, pronto... Lo que no quisiera sería sufrir, pero mi enfermedad no creo que me haga sufrir mucho antes de morir.

—¿Te quieres callar?

—Es lo mismo que me dijo Kirk.

Molly se agitó.

—¿Quieres decir que hablaste de eso con Kirk?

—Sí —afirmó rotunda, con una energía desusada en su profunda debilidad—. Hablé con Kirk de lo mismo que voy a hablar contigo. Me da miedo el futuro, aunque tú digas que no existe. Ahí están mis hijos. Un niño de cinco años y una niña de tres. Una niña a la que apenas pude atender. Una niña que lleva toda mi vida. Que adoro, que no puedo hacer nada por ella.

—Ivo, te prohíbo que te pongas así de tonta.

—Es la primera vez en mi vida que estoy siendo tan real como viva... Aún estoy viva y quiero hablar. Cuando haya muerto, ya no podré decir nada y no quiero morirme sin decirlo.

—Pero...

—Dime, Molly, ¿crees en el amor?

Molly no tuvo necesidad de reflexionar. No era ninguna resentida. La vida no fue un jardín de rosas para ella, pero tal vez por eso mismo no era ninguna resentida, sino todo lo contrario. Le gustaba la vida que había llevado, consideraba que todo lo aprendido tenía su debido lugar, y para algo iba a servirle. No había sufrido desengaños amorosos porque profesó gran afecto a sus amigos, pero no amor. Creía en la amistad, en la buena voluntad de sus amigos. En el compañerismo. No había vivido una existencia falsa, sino una existencia cargada de valores y experiencias positivas.

—¿Y por qué no he de creer, Ivo? —preguntó un poco perpleja.

—Las muchachas que estudiáis tanto, desmenuzáis las cosas, las desnudáis y llegáis a conclusiones que otras personas ni siquiera alcanzan.

—Pero eso nada tiene que ver con el escepticismo hacia el amor.

—Es lo que deseaba oírte decir, Molly.

—¿Y bien, querida mía?

—Tú dices, insisto, que no existe el futuro. Yo digo que para mí, es cierto que no existe, pero para todos vosotros está ahí, anunciándose, demostrando que puede continuar y de hecho está existiendo.

—Según se mire —adujo Molly, cautelosa—. Podemos fenecer mañana y entonces el futuro se muere con uno. Es por esa razón, porque la vida no nos pertenece, que yo no veo el futuro por parte alguna.

—De todos modos, déjame pensar que si bien la víctima en este momento soy yo, existen millones de seres que tienen el futuro ante sí. Tú, Kirk, mis hijos... podéis ser, y de hecho sois, seres afortunados.

—Ivonne, te estás poniendo pesada.

—¿Me dejas entrar de lleno en el asunto, Molly?

—¿Cómo dices?

—Si no estás enamorada, si nunca lo has estado, si crees en el amor, ¿te sería muy difícil, una vez falte yo, casarte con mi marido?

Molly se levantó como si la pincharan miles de alfileres invisibles.

Quedó tensa.

Casi rígida.

—Ivo —deletreó—, ¿qué dices?

—Eso. Ni más ni menos que eso. Me fatigo al hablar —añadió bajo—; no puedo, ni quiero meterme en más honduras. Tengo un marido al que amo, unos hijos a los que adoro. ¿Qué mujer traerá Kirk a esta casa cuando yo falte?

VI

❦

Quedó un momento como extenuada. Con los ojos cerrados y los dedos de Molly apretados, crispándose en los suyos.

Hubo un silencio.

Se diría que nada se había dicho o, por el contrario, que tanto se había dicho ya, que nada quedaba por decir.

—Ivonne —susurró Molly, inclinándose hacia su hermana—. Ivonne... ¿Has hablado de eso con Kirk?

—Sí.

Vacilante, pero al mismo tiempo rotunda y segura.

Molly no soltó los dedos de su hermana. Se diría que Ivonne, con la poca fuerza que tenía, se aferraba a ellos desesperadamente.

Pero cerró los ojos. Por una fracción de segundo se hizo a la idea de que era la esposa de Kirk, de que se hallaba con él en su lecho, de que sentía sus besos, y un gran estremecimiento la recorrió.

—Ivonne... no puedes exigirme eso.

—Lo sé, lo sé. —La enferma casi sollozaba—. Pero... ¿y mis hijos? ¿Crees que Kirk va a pasarse la vida solo? —Se agitó, abrió los ojos y miró a su hermana, suplicante—. Kirk es hombre de mujer. No de mujeres. Estoy segura de que jamás me fue infiel, pero es hombre que... yo sé cómo es, Molly. No me hagas decirte más cosas de mi marido. Lo pasa mal sin su mujer. Yo no puedo ser su mujer y el día que yo le falte, me llorará. Pero se le pasará y se dará cuenta de que necesita una compañera y la buscará. Es lo que me aterra. No la muerte, Molly. La muerte ya no me asusta. Me mentalicé para morir joven, pronto, un día cualquiera. Pero no me mentalicé para ver que mis hijos tienen una madrastra. Una mujer que no los comprenda ni los desee, ni los tolere. ¿Entiendes eso?

—Cállate ya, Ivo, por el amor de Dios.

—¿Y qué más da que me calle, si lo estoy pensando y ello me dolerá?

—¿Qué te ha dicho Kirk de todo eso? —preguntó, temblando.

—Como tú. Que me calle. ¿Puedo callarme, si me voy a volver loca en este lecho pensando en la mujer que elija Kirk para ser la madre de mis hijos? ¿Lo entiendes? ¿Te das cuenta?

Parecía súbitamente enloquecida.

Tanto, que Molly la apretó contra sí. Se inclinó hacia ella, le limpió el sudor que perlaba sus sienes y le acarició el cabello y la frente una y otra vez.

—Cálmate. Cálmate, por favor.

—¿Qué harás? Di, di. —Gemía, mirándola anhelante—. ¿Qué harás? ¿Te casarás con Kirk?

Le pedía imposibles.

Y no porque ella supiera lo que iba a hacer, sino

porque no sentía que amase a Kirk. Que ya sabía el sentimiento que le inspiraba a su cuñado era obvio. Pero... ¿era amor? No, ya sabía que no. Era el deseo de un hombre sin esposa y sin mujer, por una joven bonita y sensible. Mas... ¿era suficiente?

Le perturbaba pensar en aquel sentimiento que inspiraba a Kirk.

Le empequeñecía.

Pero amarle...

¡Amarle!

Volvió a imaginar su vida más íntima, la que ella más celosamente guardaba y respiraba, junto a Kirk.

No podía. No lo asimilaba.

No era su tipo. No era el hombre que ella hubiera deseado para compartir su vida.

No discutía la nobleza de Kirk. Ya sabía que era noble, sincero, sencillo, normal. Pero no era su hombre. Y no es que ella tuviera una figura definida en su mente para marido. Ni siquiera sabía si iba a interesarle casarse.

—Molly, ¿qué piensas?

—Cálmate, querida.

—¿Qué harás? Di, di. ¿Qué harás cuando yo falte? ¿Qué será de mis hijos? ¿Abandonarás mi casa, a mi marido, a mis hijos? Dime, dime, Molly. ¿Qué harás de tu vida? Te olvidarás de ellos. ¿Empezarás de nuevo a vivir tu existencia azarosa, llena de íntimas emociones intelectuales, de tus propias inquietudes, olvidándote de que aquí existe un problema familiar?

—Oh, Dios, Ivo, me atas. Me quieres atar a un deber. Y no puedo saber qué cosa haré de mí... Quisiera que lo comprendieras. Hay algo que sí te puedo afirmar si ello te tranquiliza. Si Kirk se casa, si trae aquí otra mujer, dile que me ceda a tus hijos. Eso es lo que le tienes que pedir a Kirk. El que se case conmigo... es una atrocidad. ¿No lo comprendes tú? ¿Qué sabemos él y yo de nuestros sentimientos en común? ¿Es que quieres casarme sin sentir hacia mi marido un profundo amor? Creo en el amor, Ivo. Claro que creo. ¿Qué motivos tengo para no creer? Pero esto es distinto. Es algo que me impones. Quisiera que lo entendieras...

Ivonne, palidísima, medio incorporada como estaba, cayó hacia atrás, lanzando un gemido. Molly se inclinó hacia ella.

—Ivonne, Ivo... Ivo —llamó casi sollozando.

La enferma no dijo nada.

Sólo abrió un poco los ojos. Asió los dedos que le oprimían el rostro y los apretó más contra su cara.

—Ivo —susurró Molly, bajísimo—. Ivo... no te disgustes así... Yo... yo...

—No puedo pedirte eso. Ya sé... Kirk no se puso como tú. Kirk sólo dijo que me callase. Pero no fue rotundo como tú.

—Por favor...

Trató de tranquilizarla. Incluso le dio un sedante.

No podía ir contra sí misma.

Contra sus principios, contra sus creencias.

No podía ni siquiera en su lecho de muerte prometerle lo que no sabía si haría.

Pero sí le dijo cuando la arropaba:

—Te doy mi palabra de que si puedo... ¡si puedo!, te complaceré, y si no puedo... le pediré a tu marido que me ceda a los niños. Me cuidaré de ellos. ¡Te lo prometo!, te juro que les entregaré toda mi vida, todos mis cuidados. Ivo, sé razonable. Además, ¿quién ha dicho que tú fueras a morir? Son imaginaciones tuyas. Todo lo piensas tú, porque estás postrada ahí. Ya podrás levantarte y te reirás después de lo que me has dicho esta tarde... Tu marido es un hombre bueno, Ivo, él me dará a los niños, si a ti te ocurre algo. Por favor... serénate. Tranquilízate. Todo es fruto de tu imaginación.

Hablaba por hablar.

Ivonne dormía. Agitada, pero dormía.

Se separó de ella. Levantó la mano y se alisó el cabello nerviosamente varias veces seguidas.

Después llamó a Roger. Le contó lo ocurrido.

Roger sólo dijo:

—Déjala dormir. Ya sé, ya sé. Todo eso me lo ha dicho a mí antes que a vosotros.

—Pero...

Roger puso una mano en el hombro de Molly.

—Estate tranquila. Yo entiendo su agitación, su egoísmo, su temor. Es lógico. De madre. Un día, cuando tú seas madre, lo comprenderás...

—Roger... ¿qué hacer?

—¿Con respecto a qué?

—A todo. Al futuro de que ella habla, a los niños, a Kirk... Yo no puedo más. Estoy haciendo demasiado. Yo no puedo hipotecar mi vida así. Entiéndelo.

—Si lo entiendo, querida Molly. ¿No te lo he dicho

ya? Déjalo todo así... Ahora duerme. Cuando despierte, estará más serena.

—¿Está muy... enferma?

—Mucho. Días, meses... Pocos. Tal vez días tan sólo. Déjala morir en paz, y si tienes que decirle que te casas con Kirk, díselo. Poneos de acuerdo tú y Kirk.

—¿Yo y Kirk?

—Para complacerla, aunque sólo sea para que muera en paz.

Estaban todos locos.

Si la situación fuera otra, no tendría ninguna importancia prometer, aunque luego no se cumpliera. Pero ella sabía lo que sentía Kirk.

Había que doblegar todo aquello.

Había que razonar.

No se lo dijo a Roger.

¡Qué sabía nadie!

Ella, sí.

Tendría que ser tonta.

Sentía cómo aquellos azules ojos la perseguían constantemente. Ya sabía lo noble que era, lo razonador que era, lo humano, pero... era hombre. Ante todo y sobre todo, era hombre.

De eso no parecía darse cuenta nadie.

Veló a su hermana aquella noche.

Tenía un tema difícil que estudiar y sentada en un rincón de la alcoba, después de haber acostado a los niños, se puso a estudiar.

Nada entraba en su mente.

Le parecía que la tenía embotada, cerrada al entendimiento del texto.

Hubiera querido evaporarse y que Ivo jamás introdujera en su mente aquella indescriptible inquietud.

Intentó por todos los medios asociar su vida íntima a la de Kirk.

Le era imposible.

No es que Kirk le repugnara, es que... no lo asociaba a su vida. No había forma. Le perturbaba el solo hecho de hacerlo.

Le llenaba de inquietud, de vergüenza, de pudor.

¡Absurdo!

Las cosas que pensaba su hermana, que intentaba calcarle en la mente y en sus afectos, eran inadmisibles.

A medianoche, oyó el motor del auto.

Quedó erguida.

Sobresaltada.

¿Kirk?

Claro. Regresaba de Boston...

Dejó la alcoba de su hermana. Aún lanzó sobre el lecho una mirada, la figura de Ivo permanecía inmóvil.

Atravesó el vestíbulo superior y alcanzaba el primer escalón cuando lo vio entrar.

Oyó sus pasos y alzó la cabeza.

—Hola, Molly —le sintió decir inexpresivo—. ¿Cómo anda eso?

—Está durmiendo.

—Ah.

—¿Buen... viaje?

Kirk asintió con una cabezadita.

—¿Has... comido?

—De camino...

Molly ya estaba en el vestíbulo inferior. Iba tras él hacia el *living*. Le vio encender la luz e ir directamente hacia el mueble bar.

—¿Cómo ha pasado el día? —preguntó, sin volverse, mientras se servía una copa.

—Agitada.

Lo miraba inmóvil, sirviéndose la copa. Vio cómo la alzaba y sorbía un trago.

Vestía pantalón color canela, un suéter marrón y una camisa de color cremoso. Parecía más alto vestido así. El portafolios lo había dejado sobre una silla. Una tenue luz los iluminaba a ambos.

—Piensa demasiado —comentó Kirk, preocupado—. Demasiado.

Y daba la vuelta, mirándola de una forma inconcreta.

—Sí —admitió Molly a media voz—. Demasiado.

—Sabe que se va a morir —dijo Kirk, desplomándose en una butaca con la copa asida entre las dos manos.

Removió el líquido dorado.

Después miró a Molly.

—¿Qué hacías? ¿Estudiabas?

—Sí.

—¿No... te sientas un rato?

Lo hizo.

Quedó como incrustada en el sillón.

Cruzó una pierna sobre otra. Sin darse cuenta, balanceó un pie nerviosamente.

Fue cuando él lo dijo.

Con lentitud.

Como si su voz saliera de lo más profundo de su ser.

—Ayer Ivonne me habló... —Y después, interrogante, hurtándole la mirada—: ¿Te habló a ti?

Un silencio.

Molly estaba habituada a abordar los temas por escabrosos que fuesen, sin ambages.

Pero aquél era difícil.

Y lo era más porque sabía lo que sentía Kirk...

—Molly, ¿te habló?

—Sí...

—Ah.

Después otro silencio.

VII

Era un silencio denso, pesado.

Como si gravitara sobre ambos, produciendo miles y miles de inquietudes íntimas.

Fue él, tal vez más dueño de sí, quien dijo:

—No le habrás prometido nada.

No se mencionaba concretamente qué cosa había que prometer. Ambos lo sabían.

—No —dijo Molly con voz extraña.

Le vibraba en el fondo.

Había en ella como un signo de profunda e íntima inquietud.

—Mejor —dijo él—, mejor...

Y de nuevo se llevó la copa a los labios.

El mismo denso silencio parecía envolverlos de nuevo.

Esta vez fue ella la que dijo súbitamente decidida, pero en el fondo temblándole un poco la voz:

—Le dije que te pediría a los niños si tú... te casabas.

—Ah.

—Le dije que tú me los cederías.

—¿Lo crees así?

Y la miraba de frente.

Como nunca vio ella sus azules ojos límpidos. Un azul transparente, diáfano.

—No lo sé, Kirk.

—Pero sabes otras cosas.

Él emitió una mueca más que una sonrisa.

Desdibujó sus labios, acentuó así su tremenda virilidad.

—Hay algo que a una mujer como tú no pasa desapercibido.

—Creo que debo retirarme.

—¿Para qué? ¿Huir de nuevo? Hay un tema latente, está aquí, entre tú y yo, en medio de los dos. —Hizo un gesto vago—. Yo no soy un sádico ni un sinvergüenza. No me gusta ahondar en las mentes ajenas cuando no debo. Tú eres más lista que yo. Yo sé mucho de pintura, de cómo abordar a los clientes, de cómo defender mi negocio. Pero tú... —Alzó de nuevo los hombros, como si estuviera muy cansado—. Tú sabes leer en el alma humana. Yo no sé.

Por su tono, parecía de repente como si se agotara. Como si le causara violencia hablar.

—No sé si es amor, Molly —añadió al rato, sin que ella se atreviera a decir palabra, menguándose en el sillón al tiempo que lo escuchaba—. Realmente creo que sigo amando a mi mujer. Pero... es ternura. Piedad. Hemos de ser realistas. Ya no puede ser amor ni deseo ni nada de eso.

—Kirk...

—No te veo bien, Molly —dijo él, atajándola—. Por eso te lo digo ahora. Me siento más valiente aquí, en la penumbra. —Sonrió, mostrando la blancura de sus dientes. Una sonrisa como una mueca dolorosa—. Es estúpido que a mis años me ocurran cosas así. Te digo esto porque a mí no me costaría casarme contigo a la muerte de Ivonne. Sí, debemos ser realistas y yo quiero serlo por encima de todo. Es evidente la muerte de Ivo. Está ahí, a la vuelta de la esquina... Por favor, no, no digas nada. No nos engañemos.

—No soy capaz de hablar así de eso.

—¿Quieres adornarlo? Te pareceré un cínico, pues no lo soy. Daría la mitad de mi vida por volver atrás. Por empezar de nuevo y que a cambio de la mitad de mi vida, me dieran la de mi mujer. No la odio ni deseo que se muera. La quiero, pero este cariño que siento por ella es muy distinto... al de antes. Ésa es la realidad. ¿Puede alguien censurarme por ello? —Se alzó de hombros. Bebió de nuevo. Sostuvo la copa con las dos manos, los diez dedos crispándose en el abombado cristal tallado—. Puede que te parezca extraño y hasta ridículo, pero nunca le fui infiel. Antes no tuve tiempo de tener mujeres. Algunas aventuras que se viven y se olvidan. Necesidades fisiológicas que sacias y te tranquilizas... Después, jamás. Ni ahora que no tengo mujer. Pero apareciste tú. Tú, con tu juventud, con tu vigor, con tu energía.

—¡Cállate!

—¿Sirve de algo? —Sonrió apenas—. ¿De qué? ¿Falsear las situaciones? ¿Cubrir las apariencias? Sí, se puede hacer con millones de seres. Pero contigo, no me serviría de nada.

—Tengo que retirarme.

—¿Tan cobarde eres? No te pido que seas mi amante, ni mi amor a espaldas de la pobre infeliz moribunda. Líbreme Dios, pero hablaron de un futuro como me hablaron a mí. Yo no estoy en contra de ese futuro. —Hizo una pausa y Molly continuaba paralizada, silenciosa. Al rato, Kirk añadió con ronco acento—: No sé si te deseo o te amo, Molly. Pero que no te ofenda ninguno de ambos sentimientos. Todos son positivos, pese a quien pese...

Se levantaba.

Parecía tambalearse.

—Nos hemos quitado la careta. Yo me siento más tranquilo.

—Lo cual significa que me has intranquilizado a mí.

La miró cegador.

Apenas si la veía, pero se diría que pretendía adivinarla con toda su reprimida ansiedad.

—¿He... podido?

Molly se agitó.

—Intranquilizarte.

—Sí, supongo que sí.

—Pues es una ventaja que no esperaba. Es algo, Molly. Tu indiferencia, sería peor. Buenas noches.

Así. La dejaba así, después de decirle tranquilamente todo aquello.

—Hubiera preferido...

Guardó silencio.

Un raro silencio, como si algo vibrara debajo.

Kirk avanzó hacia ella después de depositar la copa sobre una consola. Se detuvo a su lado y mudamente asió el mentón femenino, alzándolo hacia su rostro. La miró a los ojos largamente.

—Que yo no te dijera nada, ¿verdad?

—Sí.

—Tenía que hacerlo. Debo ser real hasta para confesar mis malditos pecados.

Después, sin mediar otra palabra, así a lo simple, sin aspavientos, le tomó la boca en la suya y la besó largamente.

Molly estaba allí, tendida en su lecho, a oscuras, sintiendo en su boca aquel calor sofocante. Aquel primer beso de su vida de mujer.

Kirk podía suponer, y de hecho seguramente suponía que ella jugaba al amor como jugaba a vivir. No, jamás.

Tenía amigos, compañeros, incluso estuvo más de una vez en comunas de hippies, pero jamás expuso su pudor de mujer a la experiencia del amor carnal.

Ni al físico ni al moral.

Se había preocupado por la cultura, por la ilustración, por aprender algo nuevo cada día. No cupo en su vida momento para la experiencia sexual.

Nunca se le ocurrió.

La vio en torno a sí.

Supo de amigas que jugaban a recibir experiencias amorosas y sexuales, pero ella intimó más consigo misma y sus inquietudes intelectuales, que con las físicas.

Por tanto, aquel beso fue el primero.

Y era recibido por su cuñado. De su silencioso, formal y cuerdo cuñado.

Porque ni aun después de haber sido besada por Kirk, concebía a Kirk un tarambana, un sádico, ni un golfo.

Kirk sólo era un hombre y le había hablado con claridad.

Reflexionó sobre aquel beso recibido.

No había pecado en él, ni un deseo censurable hasta el extremo. Había sido como una comunicación de unos sentimientos que aún estaban en el ser de Kirk indefinidos.

Se agitó en el lecho.

Dio vueltas y vueltas y a la mañana siguiente, casi sin dormir, cuando oyó a Jane andar por la cocina, se tiró del lecho, se dio una ducha y se vistió con rapidez.

Ya los niños estaban haciendo ruido. Lo primero que hizo, fue pasar por el cuarto de su hermana.

La vio recostada entre almohadones, pálida y ojerosa, aunque parecía más animada.

—Ven, ven, Molly. Tengo que decirte algo.

Avanzó como menguada.

Se preguntaba si hacía bien quedándose allí. Si para todos y para la tranquilidad de cada cual no hubiera sido mejor marcharse de nuevo a la residencia.

Pero no podía. Sabía que Ivonne la necesitaba, los niños... ¿Kirk?

—Kirk estuvo aquí casi al amanecer —le dijo Ivonne animadísima.

—¿Sí?

—Se ha ido ya. Tenía prisa. Dijo que no vendría a comer. Pero estuvo un buen rato conmigo.

Se había ido.

Por supuesto.

Para no toparse con ella.

¿Qué explicación darse uno a otro?

Ninguna se dieron cuando ocurrió.

Él la había mirado, había pasado después sus dedos por el pelo femenino y nada más. Había girado y se había ido sin pronunciar palabra.

Y ella se quedó allí, muda, estática... ¿conmovida? Perpleja, turbada.

Sentía aquel beso en su boca como una quemazón. Como un pecado. Como algo inquietante e intranquilizador.

Recordó que después se fue a su cuarto y que entró en él como una autómata y se tendió en la cama a oscuras y no supo cuándo se durmió...

—Molly... ¿qué pasa?

—¿Me... me pasa algo?

—No sé. Estás ahí quieta, silenciosa. Me miras y yo diría que no me ves.

Y no la veía.

—Estoy aquí y te veo —mintió, e hizo por verla.

Se acercó al lecho y se sentó en el borde de él, asiendo con ansiedad aquellos dedos pálidos y flacos.

Los apretó con súbita ternura. La sentía.

Como nunca.

Tampoco creía haberla traicionado.

Había sido algo insólito, sí, pero necesario para Kirk, e Ivonne amaba a su marido, deseaba su felicidad... ¿Significaba aquello lo piadoso?

¿A quién pretendía engañar ella? A sí misma. Sólo a sí misma.

—Molly, Kirk y yo hemos hablado de ti, de los niños... Él te dejará a los niños cuando yo falte. Se lo hice prometer.

—¿Quién habla de que vayas a faltar?

—¿También tú? Kirk dice lo mismo, pero yo sé que voy a faltar muy pronto y que él se volverá a casar y que mis hijos no se irán con una madre nueva. Molly... —La voz de Ivonne suplicaba—. Molly querida, ya sé que te doy una carga tremenda, que hipoteco tu vida, pero es que si sé que mis hijos quedan en poder de otra mujer, me muero dolida, rabiada. No soporto la idea.

—Por Dios, cállate ya.

—¿De qué sirve callar?

Igual decía Kirk.

¿De qué servía?

Ella siempre se había enfrentado con la verdad y, de repente, le daba miedo aquella verdad y le volvía la espalda. Se desconocía. No era humano en ella obrar así, pero es que jamás había vivido desconcierto mayor.

—Kirk dijo que no se volvería a casar.

—¿Por qué hablas de eso con tu marido? —le gritó, y no se daba cuenta de que se gritaba a sí misma—. Di, ¿por qué? ¿Crees que tienes derecho a inquietarlo así? ¿Por qué desmenuzas un futuro que no sabes aún de quién va a ser?

—Molly, no te enfades conmigo.

No estaba enfadada con Ivonne. Lo estaba consigo misma y no sabía por qué.

Se inclinó sobre el lecho y besó a su hermana en la frente.

—Perdona.

—Yo tengo miedo.

—No debes tenerlo. No sabemos aún quién morirá primero. Hablas de la muerte como si...

—La tengo a la cabecera de mi cama, Molly. Pero ya ves que ahora, que sé que mis hijos van a quedarse contigo si tú los quieres, no me conmuevo ni me aflijo. Yo espero la muerte con resignación. Hace mucho que me mentalicé para morir, Molly. Lo que no puedo hacer en modo alguno, porque es superior a mis fuerzas, es mentalizarme para dejar a mis hijos en poder de una mujer que no seas tú. Y Kirk me lo ha prometido. Le he instigado, le he obligado a prometérmelo.

—Descansa un poco —pidió con desaliento—. Por favor, Ivo. No me hables de eso. Yo también te prometo lo que quieras, pero a cambio de que jamás me hables de tu muerte.

—Sí, Molly.

—Ahora, descansa. Tengo que preparar a los niños y llevarlos al colegio. Después, como voy en tu auto, al regreso pasaré por la facultad. Tampoco yo vendré hoy a almorzar porque tengo un examen muy importante a las once y no sé cuándo terminaré. Encargaré a Jane que se ocupe de los niños y de ti, y dejaré a los niños en clase hasta que los recoja por la noche.

—Sí, Molly.

—Cuando venga Roger no le hables de esas bobadas. Tú no vas a morir.

VIII

❧

Fred lo llamó a gritos desde el ventanal de su despacho.

Kirk andaba por la fábrica dando órdenes. Se diría que allí todo el mundo tenía que trabajar a marchas forzadas por fuerza. Kirk jamás fue así. Fue siempre un hombre lleno de humanidad y consideración para los obreros. Jamás había podido olvidar que a él también le ordenaron durante años y nunca abusaba de su poder de amo.

Sin embargo, aquella mañana parecía una locomotora yendo de un lado a otro dando gritos destemplados.

Fred se preguntó qué cosa intentaba olvidar Kirk.

¿La enfermedad de su mujer?

Era obvia.

Se había habituado a ella.

Incluso a la próxima muerte que tendría lugar. Era algo de lo cual Kirk no podía evadirse.

—¿Qué deseas? —preguntó entrando en la oficina.

Fred cruzó los brazos sobre el pecho. Miraba a Kirk enfundado en un mono blanco, lleno de cal y de pintura.

—Pareces un peón —farfulló Fred—. Pero ahí abajo maldito si lo pareces porque te apresuras a demostrar quién es el amo aquí.

—No sé qué quieres decir.

—Llegaste una hora antes de lo habitual —dijo Fred calmoso—. Pusiste a todo el mundo en danza y todavía no has permitido al peonaje comer su bocadillo.

Por toda respuesta Kirk levantó la cortina de la ventana que caía sobre las nuevas obras.

Dijo sin retirarse:

—Lo están comiendo ahora.

—Claro. No les has dejado antes.

—¿No? —Y ponía expresión simple, de pasmado.

Fred descruzó los brazos y metió las manos en los bolsillos del pantalón arremangando un poco la chaqueta.

—Por lo que veo, tu mujer está peor. Da la sensación de que pretendes aturdirte, no pensar en tu problema familiar.

Kirk no dijo nada. Fue a sentarse en su sillón y apoyó los codos en el tablero de la mesa. Después posó la barbilla entre las dos manos entrelazadas.

Miró a su mejor amigo.

Su único amigo, en realidad. Nunca tuvo tiempo de hacer muchos. Empezó trabajando de botones en una fábrica de pinturas. Allí conoció a su compañero Fred. Más tarde ambos fueron nombrados viajantes, y en un auto recorrieron parte de la comarca. Un día decidieron emanciparse, solicitaron un crédito, que avalaron los mismos dueños de la fábrica, y se establecieron. El asunto pudo salir mal, pero eran tiempos buenos y salió perfectamente.

Ambos se casaron jóvenes. Fred, primero, y fue padrino de boda. Él con su novia, que era Ivonne, fueron padrinos de la boda de Fred.

Nunca tuvieron secretos el uno para el otro. Era grato, pues, saber que aquella amistad y aquella unión comercial era firme.

—No está peor —dijo Kirk pensativo—. Está igual, pero es que siempre estuvo mal. Y esas enfermedades van cada vez peor y un día te dan el susto.

—No es eso, Kirk, ¿verdad?

No, claro.

Fred lo conocía bien.

—Kirk. ¿Molly?

Cerró los ojos.

La evocó como la noche anterior.

Palpitante, tentadora, excitante, femenina... dócil.

¿Dócil por qué?

Ésa era la incógnita.

—Mi mujer pretende que me case con Molly cuando ella muera.

—Oh.

—Y me lo ha dicho y se lo ha dicho a Molly.

—¿Y... ella?

Kirk hizo un gesto vago. Y en vez de responder a la pregunta, dijo bajo con voz muy rara:

—Ayer noche la besé.

Fred dio un respingo.

—¿Qué dices?

Refirió la conversación.

Lo ocurrido después.

Luego añadió:

—La miré. La besé. Sentí esa necesidad. ¡Yo qué sé lo que sentí! No sé si fue del cuerpo o del alma de donde me salió esa necesidad. Salió, la sacié. Fue como un estallido en mi vida.

Un silencio.

Después...

—Por eso has venido antes esta mañana.

—He huido... Tengo miedo. Absurdo. Miedo de mí, de ella, de la intimidad que nos rodea, de mi mujer enferma. Fred... —Y había una súbita ansiedad en su voz—. ¿Soy un sádico?

Fred se atusó el bigote.

Se inclinó un poco hacia delante.

—¿Qué dijo ella?

—¿Molly? Nada... nada. Se fue. No, no, me fui yo primero. Me dio miedo mirarla a los ojos... Fred, lo primero que haré cuando falte mi mujer será casarme.

—¿Con... Molly?

—¡Oh, no! Ella no quiere. Ella... saldrá de mi vida sin haber entrado. Se llevará a mis hijos... Se los cederé.

—Kirk, estás mal así. De hombre a hombre te digo que no estés tan metido en tu casa. Más en el negocio y a la vez más fuera. Fuera de tu hogar, de ese ambiente nocivo que te aprisiona. Tú no eres hombre que pase sin mujer. Busca una. No intentes saciar tus hambres sexuales o sentimentales en tu cuñada. Es odioso.

Kirk pasó los dedos de una mano por las sienes y estiró los dedos de la otra sobre el tablero de la mesa, encogiéndolos poco a poco hasta dejarlos anudados como un cordel fuertemente entrelazado.

—Es complejo esto, Fred. Te lo digo, te lo aseguro. No siento pecado al mirar a Molly, al desearla tanto. Es como un deseo reverencioso, ¿entiendes?

Fred quedó tenso.

—Entonces es que no la deseas tan sólo, Kirk. Es que la amas a la vez que la deseas.

Kirk le miró espantado.

—¿Qué dices?

—Si la reverencias... la amas y la deseas a la vez. Eso es lo más peligroso, porque ello entraña sufrimiento y renuncia.

Kirk se levantó y agitó el puño en el aire.

—No quiero amarla, Fred. Me horroriza que eso ocurra. El deseo pasa, se olvida, se domina. El amor, en vez de menguar, crece, se agiganta. Puede ocurrir que incluso domine hasta el extremo de no ser dueño yo de mí. ¿Entiendes la diferencia?

—La entiendo, Kirk. Por eso te digo que te parapetes.

Fue inútil.

El consejo de Fred era humano y fácil de llevar a la práctica.

Pero al intentar vivirlo resultó un absoluto fracaso.

Cuando dejó la oficina aquel atardecer no fue a su casa. Si pudiera devolver la salud a su mujer, se volcaría en ella. Sabiendo de antemano que no podría, ¿para qué martirizarse mirándola y viviendo su lenta destrucción?

Por eso se fue en su auto. No sabía adónde.

¿Un burdel?

Posiblemente surtiera efecto. Posiblemente pecando así consigo mismo, evitaría pecar con Molly. Era como huir de sus propias ansiedades y de las ajenas.

Pero no, no surtió efecto.

Sintió asco, desgana, cansancio.

Se vio como un títere jugando a vivir un trozo sexual de una vida sexual absurda, sin sentido alguno.

Se dio cuenta allí, entre aquel plantel de mujeres generosas, hermosas y excitantes todas, que sus necesidades, de momento, no eran del cuerpo, sino del alma, de lo más profundo de su ser. No le tranquilizaba una caricia comprada. Necesitaba la viva ternura de un ser humano sin vicio, sin lascivia, sin pecado.

Salió harto, como si hubiera vivido veinte aventuras seguidas, asquerosas, y lo cierto es que no fue capaz de vivir ninguna.

No regresó a casa.

Llamó por teléfono y se puso Jane. Le dijo que no lo esperaran para comer. Que tenía algo urgente que solucionar en la oficina.

No era cierto.

Necesitaba caminar, andar sin rumbo. Perderse en sí mismo y entre un montón de gente que, como él, tal vez caminaba desorientada.

Por primera vez en su vida deseaba y temía volver a casa.

Después de vagar por la ciudad de Buffalo más de dos horas, subió a su auto y condujo de un lado a otro.

Se dio cuenta de que temía encontrarse con Molly.

¿Qué podía decirle?

¿Que la amaba?

¿Que la deseaba?

Que vivir bajo el mismo techo era un martirio y una ansiedad incontenible.

¿Y un pecado y una virtud?

Su mujer... Sí, su esposa. Pero... ¿evidentemente podía él solucionar la vida de su esposa? No deseaba que se muriese. Es más, le causaba horror aquel triste trance, pero tampoco podía, ni se hacía ilusiones referentes a un posible restablecimiento.

A las dos de la madrugada llegó ante su casa. Metió el auto en el jardín y al alzar los ojos vio luz en el cuarto de Molly.

«¿Estará estudiando?», pensó.

Le causó pesar todo aquel sentimiento que se conglomeraba en su alma. Hubiera dado algo porque aquella joven estuviera llena de imperfecciones físicas y morales. Pero el hecho era que Molly era una mujer casi perfecta.

Metió el auto en el garaje y entró en su casa.

Todo estaba oscuro.

No necesitaba luz. Conocía su propio hogar a ciegas. Tambaleante, desorientado, sofocado, se encaminó al *living*.

Necesitaba una copa.

No era un ser puro, ya lo sabía, pero tampoco era un sádico. Era el marido de una mujer enferma, y en su casa había otra mujer sana que producía en su ser una tremenda y bárbara inquietud, un deseo indescriptible, una admiración fuera de toda lógica.

¿Fuera de toda lógica? No, dentro de la lógica misma.

Apretó el interruptor y se fue directamente al mueble bar. Se sirvió una copa. No era ningún bebedor, pero de un tiempo a aquella parte, el licor producía como un tibio alivio en su ser.

Agitó la copa y la llevó a los labios.

El brandy sabía amargo, agrio, pero cosquilleaba gratamente dentro del estómago.

Fue al girarse que la vio en la puerta.

Con sus pantalones tejanos, su blusa de un azul pálido, de manga corta, sus menudos senos túrgidos apreciándose bajo la fina tela, la breve cintura. El pelo corto...

«Ella sabe enfrentarse a la verdad. No se anda con ambages.»

Lo pensó.

En voz alta, dijo:

—Hola... Molly.

—Hola —dijo ella.

Y entró.

Se le quedó mirando.

Era una mirada fija y honda.

¿Censora?

No. Pero sí tal vez interrogante.

—Ivonne se puso peor.

—Oh.

—Vengo de su cuarto.

—No aprecié luz... —dijo a media voz.

—Estaba con ella a oscuras...

—Iré... yo ahora —dijo presuroso, sofocado, cohibido—. Tú sabes lo que supone para mí... Lo sabes...

IX

*D*epositó la copa de brandy en la consola, y parecía dispuesto a salir, a atravesar el *living* en dirección a la puerta, pero de repente se detuvo. No se volvió enseguida. Lo hizo tras una vacilación.

Despacio, con suma lentitud, como si al girar temiera encontrarse con la mirada gris, glauca, censora.

La encontró, por supuesto. Inmóvil, quieta. Asombrosamente quieta.

Pensó que iba a darle una disculpa respecto a su tardanza. Pero de repente se encontró diciendo:

—He vagado por ahí.

—Sí —murmuró Molly a media voz—. Lo supongo.

—¿Lo... supones?

—¿No ha sido así?

Kirk Smith parpadeó.

—Me conoces tanto —dijo pesaroso—, tanto, ¿verdad?

—Un... poco.

Se hallaban frente a frente.

Era inútil escapar de todo aquello. De aquella verdad si es que existía. De lo que ambos pensaban o sentían.

—Tú sabes que quiero a mi mujer —murmuró Kirk ahogadamente, como si la voz le saliera de lo más profundo de su ser—. Lo sabes, Molly.

—Sí.

—Y sin embargo... —Apretó los puños. Se volvió de espaldas a ella y de un trago apuró el brandy que quedaba en la copa—. Hay necesidades masculinas, viriles, profundas, que uno no puede doblegar... —Apoyó las dos manos en la consola como si fuera a romperla en mil pedazos e inclinó la cabeza como si metiera el tronco en el pecho. Quedó como extendido, de espaldas a ella, rumiando su pena, que Molly adivinaba intensa e íntima—. No sé lo que me pasa contigo, Molly. No quiero saberlo. Siempre fui valiente, decidido. Me enfrenté a todo con audacia. Pero hay algo con lo cual no sé enfrentarme. Por primera vez me siento débil, indefenso, absurdo. —Se incorporó. Se volvió hacia ella que aún le miraba fija y quietamente—. Disculpa lo de ayer... Discúlpalo y no me mires así. Me dañas, ¿oyes? Me produces como miles de remordimientos juntos. Como si me acusaran, como si me condenaran. Como si me despreciaras.

De repente, sin esperar respuesta, fue a pasar junto a ella.

—Iré a ver a Ivo —dijo.

Lo dijo fuerte.

Vibrante la voz.

Como si en ello buscara y hallara una respuesta que nadie le daba, que se daba él a sí mismo.

Pero al pasar a su altura se detuvo de nuevo.

—Molly... no me mires así. Me dañas mucho.

Molly parpadeó.

No sabía qué miraba de él. Si su desorientación o la suya propia.

No sabía incluso si sólo se hacía un interrogante a sí misma o se lo hacía a él. Parpadeó. Agitó la cabeza de un lado a otro.

De repente Kirk levantó las dos manos y con la misma brusca rapidez las puso en los hombros femeninos.

La sujetó así, mirándola con la cabeza ladeada. Interrogante. Ahogante por el sofoco rutilante de sus pupilas.

—Molly... piensas que soy un maldito sádico.

—No.

—Entonces, ¿qué piensas de mí, Molly?

No lo sabía.

Lo dijo así. Sin moverse, sin escapar de él. Tratando de ser sincera consigo misma y con Kirk. Todo lo sincera que ella podía ser, y de hecho lo era totalmente.

—Di, di —la oprimió Kirk desordenado—. ¿Qué horrores piensas de mí? Que estás en mi casa. Que has venido a hacerme un favor. Que cuidas de mi mujer y mis hijos y que yo pago con mi sadismo tus esfuerzos. Ya sé que tienes tu vida. Que eres independiente. Que quizá te rías de mi simplicidad. Pero yo... vivo aquí solo, contigo. Ni mis hijos, ni Jane. Ni la enferma. Yo soy un tipo sano y me gusta el hogar y siento necesidades fisiológicas, y de repente sólo te veo a ti. ¿Te das cuenta de eso? He cometido la barbaridad de ver en ti a la mujer sana que yo deseo. ¿Por qué no me escupes a la cara?

Molly continuaba inmóvil. Rígida.

Sentía los dedos de Kirk en sus hombros como garfios y aquellos ojos desvariados, fijos, inmóviles en los suyos y su voz ronca y ahogante y aquel aliento de fuego perturbándola.

—Tranquilízate, Kirk —dijo.

Y su voz tenía un dejo raro.

¿Tembloroso?

Sí, tal vez sí.

Kirk tuvo deseos imperiosos de apretarla contra sí. Hubiera bastado una simple presión, pero no lo hizo.

La seguía mirando.

—Molly... —Su voz cobraba una rara vibración—. Yo te deseo... Jamás deseé cosa alguna. Defiéndete. Huye de mí. Pero no, no huyas, no temas. Me mataré antes de... de...

—Tu deseo me ofende, Kirk —dijo Molly serenamente—. No te di motivos para que eso ocurriera. Jamás he intentado coquetear contigo. Te he visto como lo que eres. El marido de mi hermana, el padre de mis sobrinos. Pero sí, sí, prefiero que seas sincero y digas lo que sientes. Es mejor para ambos. Para que yo pueda defenderme de ti, para que tú evites cometer de nuevo el error de... besarme.

Súbitamente Kirk apartó las manos de los hombros femeninos.

Dejó caer los brazos a lo largo del cuerpo.

Parecía una cosa indefensa e inútil.

—Perdóname —dijo, y su voz era como un gemido tétrico—. Perdóname.

Tambaleante se alejó de ella.

Se quedó mudo e inmóvil al lado del lecho donde su mujer dormitaba. Se apagaba poco a poco. Se derrumbaba aquella muralla que le hizo feliz. Ante el lecho silencioso de su mujer, se veía a sí mismo desamparado e inútil.

Era un ente.

Una cosa.

¿Una cosa absurda en poder de un destino absurdo?

La respiración de Ivo era fatigosa, sus párpados se agitaban... sus manos blancas, flacas, crispadas en la sobrecama, la palidez cadavérica de su rostro.

Se volvió despacio y caminó como un sonámbulo cerrando de nuevo la puerta de aquel cuarto que compartió con ella.

Caminó a paso lento por aquel pasillo superior y bajó uno a uno los seis escalones que lo separaban de la planta baja. Como un beodo se encaminó de nuevo al *living*. Había la misma tenue luz partiendo de una lámpara de pie situada en la esquina.

Necesitaba un trago. O una borrachera. Aliviar aquellas ansiedades, aquellas penas indoblegables. Aquel dolor íntimo que lo empequeñecía hasta dejarlo convertido en un ente ridículo.

Al penetrar de nuevo en el *living* la vio allí.

Hundida en un sillón, con un cigarrillo entre los dedos, la mirada inmóvil fija en un punto inexistente. Parecía un objeto caro, de gran valor, femenino cien por cien.

—No te has ido —dijo.

Sólo así.

Como si toda la conversación sostenida no tuviera ninguna importancia y la que pudiera sostener con ella careciera de consistencia.

Molly elevó un poco la cara.

Sus grises ojos, tan glaucos, lo miraron con fijeza. Como si en vez de mirarle a él, se mirara a sí misma.

—Sí —dijo Kirk yendo hacia el bar—. Sí. Está peor...

—He llamado a Roger.

—Ah.

No preguntó qué había dicho.

Estaba claro.

—Le estoy esperando de nuevo.

Kirk, que se llevaba la copa a los labios, se dio media vuelta y se la quedó mirando interrogante.

—Dijo que volvería al salir del hospital.

—Oh.

Y como no dijo nada más que aquella exclamación y volvió a llevarse la copa a los labios, Molly añadió con voz insegura:

—Se acaba.

—¿Hoy?

—Ahora, mañana, esta noche. No sé.

—Dios mío... qué triste es la muerte, Molly. Y qué pequeños nos hace a los que nos creemos sanos. Es absurdo. Yo quisiera volver a empezar. Yo quisiera rebelarme contra el destino, machacarlo bajo mi pie. Destruirlo. Empezar otra vez y arrancar con mis uñas la vida de mi mujer a esa muerte ridícula que acecha... —Cayó desplomado en una butaca con la copa entre las manos—. Me siento empequeñecido. Menguado, como un objeto sin mérito alguno. Y me atrevo a pensar en cosas terrenales. En una mujer como tú, que estás por encima de todo.

—Yo soy como las demás. Siento que me hayas idealizado.

No era eso.

No la había idealizado.

Lo que él se censuraba a sí mismo es que teniendo a seis escalones de distancia a su mujer agonizando, sintiese la vida con toda su fuerza y el deseo de vivirla con la mayor ansiedad, y que quisiera compartirla con aquella muchacha.

—Le he prometido a Ivo que te dejaría a los niños —dijo de repente.

Y en vez de mirarla, fijaba sus ojos en el dorado líquido que, de vez en cuando, llevaba a los labios con movimientos de autómata.

Molly guardó silencio.

Parecía un objeto hundido en el sillón.

De súbito Kirk elevó la mirada.

—Tú nunca dices nada.

—¿Nada?

—¿No tienes qué decir?

Oh, sí. Miles de cosas. Pero... ¿de decirlas, estaría Kirk preparado para entenderlas?

—Acepto a los niños —fue lo único que dijo.

—Coartarán tu vida.

Molly distendió los labios en una tenue sonrisa.

—También ahora la tengo coartada y no he dicho nunca nada. La acepto tal cual es. No me rebelo como haces tú.

Kirk se levantó. Quedó erguido con la copa apretada entre los diez dedos.

Parecía que iba a romperla en mil pedazos.

—¿Puede alguien censurar que yo me rebele contra esta desdicha? Di, ¿puede?

—Hay algo que se llama resignación, Kirk, y doblegamiento.

Se acercó a ella en dos zancadas.

La miró cegador.

Sin parpadear. Con los párpados un poco entornados.

—Tú crees que no me doblego —dijo. No preguntaba. Pero resultaba como un insulto en el rostro femenino—. ¿Y tú? ¿Qué crees tú que supones para mí? Te vi entrar en esta casa y sentí, desde un principio, que me perturbabas. Que decías algo para mí mismo. Algo inconfesable y desconcertante. Tú estabas viva y sana y eras mujer. ¿Qué culpa tengo yo? Uno puede dominar muchas cosas y doblegarlas. El dolor de ver morir a la mujer de uno, que le ha pertenecido tanto. Pero no puede dominar sus sentimientos ni sus deseos. Va contra toda lógica humana, porque no existe ni lógica ni humanidad para tales ansiedades. Nadie las comprende, nadie las coarta, nadie sabe doblegarlas.

—Cállate, Kirk. La desesperación que descompone, te hace ser dañino.

Kirk se dominó o no se dominó.

La miró piadoso, eso sí. Como si de repente se compadeciera a sí mismo.

Fue cuando sonó el timbre.

—Es Roger —dijo Molly como liberada.

Y fue hacia la puerta.

Casi enseguida Kirk oyó la voz cascada de Roger y los pasos de los dos entrando en la casa.

Salió al paso de ambos.

—Oh, estás ahí, Kirk. Ya ves...

No veía.

Le parecía que aún se quedaba más solo, más títere dentro de una humanidad que no podía comprender su íntimo dolor, porque, como Molly, podía considerarlo un maldito pecador. No lo era. Era, sí, complejo lo que sentía. Sentía la muerte y sentía la vida.

La muerte de la mujer que se iba. La vida de la mujer que quedaba.

Se pasó los dedos por el pelo.

—Vamos arriba —dijo, y su voz era tan hueca como su mirada inexpresiva.

X

~∞~

*N*o es para tanto —decía Roger regresando al *living* con Molly y Kirk silencioso—. No es para hoy, ni para mañana. Puede que de ahora en adelante esté inconsciente muchas horas seguidas, para surgir de una momentánea lucidez... Es el fin, por supuesto, pero jamás se sabe cuándo surgirá ese fin.

Los miró a ambos.

—No penséis pasar la noche en blanco. Os veo ahí como dos pasmarotes. Estáis asustados.

Lo estaban. Por igual.

Pero más por sus propios pensamientos, que por lo que estaba ocurriendo en el piso superior.

Aquello era inevitable, imprevisible, de acuerdo, pero de igual modo inevitable. Lo de allí, lo de ambos, era diferente e igualmente trastornaba y destrozaba.

—Yo te aconsejo, Kirk —dijo Roger sensatamente—, que busques una monja que vele a tu mujer. Una enfermera... lo que sea. Vosotros no podéis exponeros a velar las noches y trabajar al día siguiente. Tú tienes tus negocios, Molly tiene sus estudios y la atención del hogar... Ésta es la realidad. Podéis amar mucho a Ivo, y de hecho así es, pero vuestro amor no salvará su vida.

Era cruel.

Dentro de su misma realidad humana resultaba para Kirk muy cruel.

—Yo tengo que irme. Hay por ahí montones de enfermos en una situación parecida a la de Ivonne.

—Tome una copa —dijo Kirk a media voz.

Roger le palmeó el hombro.

—Tengo aún demasiadas cosas que hacer para detenerme ahora. Gracias, Kirk. Paciencia... No es para esta noche. Aún puede ser larga su agonía. Será mejor que hoy os turnéis y que para mañana busquéis una monja o una enfermera. Si lo preferís yo mismo la solicito en el hospital.

—La velo yo —dijo Molly con súbita decisión.

La miraron ambos.

—Y mañana estarás destrozada.

Lo prefería. Era joven y fuerte. Además... creía que con aquel sacrificio purgaba no sabía qué. Tal vez aquel infame deseo que Kirk sentía hacia ella.

¿Infame?

¿Era infame?

—Mañana os buscaré una enfermera —dijo Roger resuelto—. Esto no puede seguir así. Tú tienes que trabajar. —Miraba a Kirk que parecía un poste—. Y tú tienes que atender el hogar y tus estudios.

Se iba. Presuroso. Con la pena a otro lugar.

Molly le acompañó a la puerta y cuando regresó se topó con Kirk que se tomaba una nueva copa.

Fue a su lado.

Suave, cálida, con aquella sensibilidad suya que

parecía florecer hasta en el movimiento de sus dedos.

—No tomes más, Kirk. Te hará daño.

Él la miró con expresión extraviada.

—¿Y qué importa? ¿Qué te importa a ti?

—Me importa.

—Para reírte de mí.

—Kirk.

—Ya sé, ya sé... La intelectual...

—Me ofendes con tus ironías.

—¿Es que quieres que te ame?

—¡Kirk!

—Perdona —dijo, y su voz de nuevo era íntima.

De repente Molly le puso la mano en el hombro.

—Olvidemos todo lo que nos hemos dicho, Kirk. Empecemos otra vez. Hay mucho que hacer y tenemos que resignarnos. Estamos aquí, vivos ambos... Vivos para ayudar a los niños, a tu mujer... Te ruego que recapacites.

—Yo estoy vivo —gritó Kirk descompuesto—. Y es lo que no quiero estar.

—Pero lo estás —le dijo Molly con firmeza—. Y tienes que soportar la vida, como Ivonne va a soportar la muerte.

—¿Y tú?

Molly abrió mucho los ojos.

—¿Yo? —preguntó desconcertada.

Tenía los ojos muy abiertos.

Los labios temblorosos.

Los senos oscilantes.

Kirk se cegó.

Creyó estar solo en un desierto. Solo con ella. Sin nada antes, sin nada después.

Aquel momento tan sólo.

Fue por eso que soltó la copa y avanzó dos pasos.

Los suficientes.

Molly estaba allí, enfundada en sus pantalones tejanos, en su camisa de manga corta, abierta hasta el principio del seno. Con su pelo corto, su vida vigorosa, palpitante, excitante.

Kirk no fue dueño de sí.

Su mujer podía agonizar arriba, podía pudrirse, podía morirse. Pero él estaba vivo y sentía que los pulsos le estallaban, que las sienes se le iban a escapar de su sitio, debido a las locas palpitaciones.

Fue cuando asió a Molly por los hombros y sus manos resbalaron y se perdieron en la cintura femenina y la apretó hacia sí como un alucinado.

—Kirk —gritó ella.

Kirk le tapó la boca con la suya.

Largamente, hurgante, fiero, tierno, sádico, diáfano...

Había de todo en aquel beso atragantado, vigoroso.

Era como si los pies de Molly se desprendieran del suelo y vagaran de un lado a otro sin orden ni concierto. Como si los labios que besaban los suyos la poseyeran por completo.

Sintió la sensación del vacío, de la pequeñez, de la grandiosidad.

Todo complejo.

Absurdo.

Pero humano, y estaba allí viviéndose con la más dura y despiadada humanidad.

No supo cuánto tiempo.

Era como si doblada en el cuerpo de Kirk se convirtiera en una cosa, como si la virilidad del hombre la aniquilara, la destruyera, la apoderara.

—Kirk, Kirk —dijo ahogándose.

Kirk la soltó.

Fue como si aquella voz que escapaba de sus labios le devolviera la razón.

Se quedó tenso.

Miraba al frente.

Se miraba a sí mismo o no se miraba.

A ella, no.

Se diría que le daba miedo mirarla.

De repente soltó una risa histérica.

Desgarrada, agónica.

Como si miles de tormentas se agolparan en sus cuerdas vocales.

—Soy un ente —dijo—. Un ente.

Y Molly no sabía a quién se lo decía.

¿A sí mismo?

¡Qué más daba!

Fue retrocediendo hacia atrás y se quedó pegado a la pared.

Las sienes le palpitaban, el pulso se agitaba como si miles de estrellas endemoniadas lo sacudieran.

—Puedes decir lo que piensas —dijo Kirk sin mirarla.

Molly no decía nada.

No podía.

Tenía como un nudo en la garganta, como una quemazón odiosa en los labios, como si un demonio le agitara el pecho haciendo oscilar sus senos.

—Puedes decirlo, sí, sí. Dilo

—Kirk, has perdido el juicio.

—Me odias mucho, ¿verdad?

¿Odiarlo?

Lo compadecía.

¿Qué buscaba en aquel desquite?

Nada.

La vida de su mujer, no podía.

Ivonne se moría irremisiblemente.

Era inútil buscar un desquite dañándola a ella.

¿De qué servía?

—¿No te ríes de mí por este deseo que me enciende y me condena?

—Calla, Kirk. ¡Calla!

—Soy un sádico, ¿verdad?

—Te digo...

—Qué importa mi dolor. ¡Qué importa! ¿A quién le importa? ¿Qué pretendo buscando tu boca? ¿Evocar la boca de mi mujer? —Soltó una risa histérica—. Ni eso. Ni eso. No sé lo que busco. Lo que voy a encontrar. No importa nada.

Se iba.

Desde la puerta se atrevió a mirarla.

Su desconcertante reacción dejó a Molly desconcertada.

—Perdona. No soy un sádico. Soy un hambriento de cariño, de comprensión, y la busco de esta manera. Es absurdo, que la busque así y en ti...

—Kirk...

—No me digas nada. Prefiero que te guardes tu desprecio hacia mí.

¿Le despreciaba?

Sí. Creía que sí.

Pero aquella perturbación íntima...

Aquel despertar a no sabía qué sensaciones.

Aquella agitación...

—No quiero quererte, Molly —decía apaciguado y desconcertante—. No quiero. Eso me hará sufrir, y prefiero desearte tan sólo. Eso pasará. ¡Pasará!

Miraba al frente.

Por encima de la cabeza de Molly.

Caminaba con la cara vuelta hacia ella, pero ni por un segundo encontró los ojos femeninos fijos, inmóviles en el suelo.

—No importa, Molly. Nada importa.

De nuevo era hiriente.

De nuevo la zahería.

—Me gustaría empezar en este instante.

¿Empezar qué?

¿Acaso podía él volverse contra el destino y golpearlo?

—Siento como si algo vivo me desgarrara el cuerpo. Como si me arrancaran las entrañas.

Se fue.

Molly oyó sus pasos.

Lentos, como pesados.

Como si todo el cuerpo cayera sobre aquellos pies y los pies no pudieran con él.

Sintió una gran piedad.

Ni siquiera rencor.

Ya, no.

Le compadecía.

Se movió en el *living*.

Necesitaba una copa.

Como la necesitó él para envalentonarse.

Fue hacia el bar y se la sirvió. La bebió de un trago.

Supo amargo aquel líquido dorado, agrio, rasgando su garganta.

Después atravesó el *living* y uno a uno subió los escalones hacia el cuarto de Ivonne.

La puerta estaba abierta y vio a Kirk junto al lecho de la enferma inconsciente.

—No sé lo que busco, Ivo —le oyó decir ella—. Ni siquiera si busco algo. Me siento solo y débil e inútil. Nunca fui inútil, Ivo —añadía bajo, como si la voz saliera de lo más profundo de su ser—. Nunca. Tú sabes que no. No debí hacerlo, ¿verdad? Fue una necesidad. No sé si buscaba el desquite a mi dolor o la revancha a la ira que me inspira que ella esté viva y tú estés... como estás...

Un silencio.

Después Molly le vio girarse.

La miró a ella. La miró como si no la viera. Pero sus palabras apagadas demostraron lo contrario.

—Perdona, Molly. ¡Perdona!

Se fue.

Molly avanzó y se sentó a la cabecera de aquella cama.

No sabía lo que sentía.

Sabía que tenía que estar allí, al lado de su hermana, y estaba. ¡Sólo eso!

XI

*N*o supo el tiempo que llevaba allí.

Hubiera querido pensar, desmenuzar todo lo ocurrido, punto por punto, palpitación incitante por palpitación incitante.

Pero no podía.

Se sentía como vacía, como perdida en un sinfín de anormalidades incontroladas. Incoherentes, ¿o eran coherentes? ¡Qué más daba!

Oyó pasos.

Amanecía.

Cruzó los brazos en el pecho y se apretó con ellos como si el frío la entumeciera, y no hacía frío. Se iniciaba el verano. Luego darían vacaciones. Los niños. Ella. Se apagaría Ivonne y todo volvería a su ser. ¿Volvería a su ser?

¿No sería, más bien, despertar una nueva guerra diferente?

¿Qué hacer después cuando la vida de Ivonne se extinguiera?

Ella había sido una chica feliz. Conformista más que feliz. ¿Qué era la felicidad? Un cúmulo de pequeñas cosas incoherentes. De fatigas, de alegrías, de satisfacciones, de amarguras. ¿No era eso la felicidad? ¿Sufrir y de repente sentir la dicha pasajera, esfumándose, para volver a empezar?

A ella nada le dieron hecho. Le tocó luchar por lo que tenía y de súbito, metiéndose en aquel hogar, experimentó los primeros aletazos humanos, verdaderamente demoledores.

¿O no?

Los pasos se aproximaban.

Enseguida oyó su voz.

Diferente.

No era la voz del sádico, ni la del amargado, ni la del rebelde que busca el desquite en volatines desconcertantes.

—Molly, vete a descansar. Me quedo yo.

No levantó la cabeza.

La tenía hundida en el pecho.

La mente vacía.

Huyendo no sabía de qué, ni de dónde.

—Molly, por favor, vete a dormir.

Era una voz cálida, normal.

La voz de Kirk, la de siempre, la del marido de Ivonne, la del padre de sus sobrinos. No la del hombre sádico y hambriento de besos y caricias.

Sintió sus dedos cálidos en su brazo, levantándola.

—Vete a dormir un rato —le oyó sisear.

Era tenue su acento.

Humano.

Razonador.

—Estás rendida. Por favor, ve a dormir.

La empujaba blandamente.

Hubiera querido gritarle. Decirle... ¿decirle qué?

¿Reprocharle allí, delante de la hermana enferma, de la esposa enferma su proceder desordenado?

—Estás rendida.

No se daba cuenta de que se ponía en pie. De que caminaba a paso corto. De que se iba.

—Ya mandaré a Jane que te llame. —Y después bajo, tenue—: ¿A qué hora quieres que te llame?

¿Por qué tenía que ser así?

¿Tan cambiante y tan complejo?

¿Dónde quedaba aquel hombre desencadenado, histérico, herido hasta los mismos huesos?

Se encontró diciendo a media voz:

—Ya me levantaré yo.

—No te preocupes por... tu... por mi esposa. Yo la velaré.

No había dormido, estaba segura.

Se lo imaginó tendido en el lecho con los ojos desmesuradamente abiertos, el pecho jadeante, la mirada perdida en el infinito, los labios apretados.

¿Qué cosa sucedía en aquel cerebro masculino?

—Descansa tranquila —aún le oyó decir.

Salió.

Caminaba como tambaleante. Al llegar a su cuarto se derrumbó en el lecho. Todo era silencio en la casa. Había en el cielo una tenue luz del amanecer, como si el firmamento fuera aclarando segundo a segundo.

Ni a su peor enemigo hubiera deseado una noche así.

Se tendió en el lecho sin desvestirse y se quedó con los ojos fijos en el techo.

No sabía si pensaba. Si deseaba pensar.

Sabía que estaba allí. Que se sentía cansada, que los ojos se le cerraban y el cerebro se le vaciaba.

Mejor.

No pensar, no sentir, no reflexionar, no desmenuzar.

Pero en la boca sentía aquella quemazón. Los primeros besos.

No fueron piadosos.

Fueron besos pecadores, hirientes, hurgantes, como llamas dañinas.

Cerró los ojos. Necesitaba dormir, olvidar todo aquello, volver a empezar.

¿Empezar qué?

¿Y si se fuera?

Evidentemente, no podía ser. No podía irse porque allí estaba su hermana enferma, agonizando, y sus sobrinos vivos.

¿Y Kirk?

También estaba Kirk con sus miserias morales, sus desconciertos, sus complejidades... sus incoherencias.

No supo quién la llamó. Oyó un golpe seco en la puerta, y como estaba vestida se tiró del lecho y pasó una y otra vez la mano por el pelo.

—Ya voy —dijo.

Pero se quedó erguida, entumecida, como adormilada, desconcertada, la mente vacía. Pero la mente empezó a llenarse y a revivir punto por punto, frase por frase, beso por beso.

Se agitó.

Volvieron a sonar dos golpes. Y después su voz. La voz de Kirk. Una voz lenta, normal...

¿Cómo podía?

—Molly...

—¿Qué?

—Roger está aquí.

—Voy... voy...

No sabía de dónde sacaba fuerzas para mostrarse natural.

Para hablar con serenidad.

Se fue al baño y se lavó la cara con agua fría. Así, sin jabón ni nada, se cepilló el cabello. Se miró obstinada en el espejo. Se encontró pálida, ojerosa, desconcertada...

Se cepilló el cabello varias veces y salió presurosa.

Entró en la alcoba de Ivonne cuando Roger auscultaba a la enferma. Kirk estaba allí.

Tenía la camisa desabrochada, la corbata floja, los cabellos un poco erizados.

La miró.

Una mirada pasiva, ausente.

«No se acuerda de nada —pensó—. Y si se acuerda, está ahuyentando de su mente el recuerdo que le daña.»

Se acercó al lecho y vio a su hermana con los ojos abiertos. Unos ojos vidriosos, ausentes, idos...

Roger no decía nada. Sobre la mesa estaba su maletín y auscultaba a la enferma en el mayor silencio.

Kirk mudo, estatuario, abstraído.

Después Roger terminó y metió el instrumental en el maletín y salió de la alcoba seguido de ellos dos.

—Bueno —dijo Roger con amargura—, se acaba.

—¿Se... muere? —La voz de Kirk anhelante, desgarrada.

Molly se dio cuenta de que todo lo que hacía Kirk era debido a la desesperación. A la falta de ternura. La nula comprensión de una mujer enferma.

—No sé cuándo, Kirk —decía Roger—. Pero pronto. ¿Hoy? ¿Mañana? ¿Esta noche? Ya he buscado una enfermera que la vele por las noches.

Saltó ella.

Molly, con voz vibrante:

—La velaré yo, Roger.

—¿Tú? ¿Crees que por descansar la quieres menos? Lo sabía.

—También yo —añadía Kirk—. Nos turnaremos Molly y yo. No traigas a esa enfermera, Roger.

—Pero es que esto puede prolongarse días y días. Tal vez incluso dos semanas.

—Es lo mismo.

—Os agotaréis.

—No importa.

Los dos a la vez.

Como si uno quisiera quitarle la palabra al otro.

Roger los miró con cierta admiración y desaliento.

—Como queráis. Pero es duro, ¿eh? Muy duro pasar las noches en vela. La mujer que yo he buscado se dedica a eso.

—Cuando no hay familiares, Roger —dijo Kirk con dureza.

—Y habiéndolos. Es su labor. Duerme por el día.

—No, no —saltó Molly dolida—. No. No soporto que la vele otra persona.

—Está bien. No os entiendo, pero allá vosotros.

Se iba.

Kirk le acompañó a la puerta.

Molly volvió al lado de la enferma.

Ya tenía los ojos cerrados. Respiraba fatigosamente, pero parecía dormida.

Kirk apareció al rato.

—Molly, puedes ir a darles de desayunar a los niños. —La voz de Kirk era suave y cálida—. Yo me quedo aquí.

—No, tú vete. Jane se ocupará de los niños. Yo sabré alternar todos los trabajos.

—He llamado a Fred... No iré hoy a la oficina. Me quedo al lado de Ivonne.

—No harás nada con quedarte —le dijo.

No se miraban.

Se hablaban sin volverse ninguno de los dos. Ambos vueltos hacia el lecho donde permanecía Ivonne.

Pero de repente ambos se daban cuenta de que sus sentimientos, o sus manifestaciones de aquéllos, quedaban marginados, olvidados, hundidos en el pasado breve de una noche fatigosa para entregarse, en cambio, al cuidado de la enferma.

¿Como desquite? ¿Como purga por el súbito goce vivido?

Para ella no lo fue. ¿O lo fue y no se daba perfecta cuenta de ello?

Sacudió la cabeza.

—Como gustes —dijo.

Y se alejó del lecho, saliendo de la alcoba.

Intentó aturdirse preparando a los niños para mandarlos con Jane al colegio. Jane andaba en torno a ella silenciosa, nerviosa, como deseando preguntarle algo.

Lo hizo al fin un poco antes de que los niños estuvieran listos para irse:

—Está peor, ¿verdad?

Molly asintió.

—Volveré enseguida —siseó Jane—. ¿Los dejo allí todo el día, señorita Molly?

—Creo que será mejor. A la noche si puedo iré a recogerlos, y si no vas tú. Se lo dices así a miss Robinson.

—Sí, señorita Molly.

Los vio alejarse.

Ella, que nunca había tenido más preocupaciones que por sí misma, de súbito no pensaba ni siquiera en su persona. Pensaba en ellos. En aquellos dos niños, en la madre agonizando, en... él.

Sí, pensaba en él.

En su fuero interno lo disculpaba y que nadie le preguntara por qué.

Cuando Jane desapareció en la avenida, camino del autobús, giró sobre sí y se metió en la cocina.

Dispuso el desayuno para Kirk, y cuando tuvo la mesa puesta en el *living* y la bandeja con el desayuno, subió de nuevo al cuarto de su hermana.

Kirk seguía allí, firme, inmóvil, con los ojos fijos en el suelo, la cabeza hundida en el pecho.

—Kirk —dijo—, tienes el desayuno puesto. Por favor... baja.

XII

Se hallaban uno enfrente de otro.

Sentados ambos a cada lado de la mesa, en silencio, el servicio del café; las pastas, la mermelada y la mantequilla en medio.

Había un tenso silencio.

Un silencio elocuente pese a cuanto ellos creyeran.

Lo ocurrido entre ambos, lo dicho, lo oído parecía hallarse entre ambos quisieran ellos o no.

De súbito los dedos de Kirk se deslizaron por encima de la mesa. Había una rara ternura en aquel ademán, y al asir los dedos femeninos y oprimirlos con gran respeto.

—Discúlpame, Molly. Estaba... Estaba... deshecho.

—Sí, Kirk.

—¿Sí... qué?

—Te disculpo.

Y rescató sus dedos.

Kirk apretó los puños. Hubo en sus ojos como una nube rasgando el brillo de su mirada.

—Nunca me vi en un trance así. —Y después de un silencio que ella no interrumpió—: Ya sé que te ofendí.

Lo sé, lo sé... Me gustaría borrar de tu mente lo ocurrido. —Y con desgana o desazón, incoherente—: Pero no he dicho ninguna mentira, Molly. No sé lo que temo más. Si la muerte de Ivonne o tu marcha.

—¿Mi marcha?

—Nunca fui un visionario —dijo como si hablara para sí solo—. Ni un ente irreal. Daría algo porque me comprendieras. No sé si es mi falta de mujer o que has llenado el hueco de mi vida. No, no lo sé. Es posible que lo sepa cuando ella haya muerto y tú te hayas ido con mis hijos. No te los voy a quitar. Pero yo no podré quedarme eternamente así. Por eso te digo que no soy un visionario ni un ente irreal. Soy un ser razonador, tal vez demasiado práctico, tal vez demasiado humano. ¿Qué puedo hacer yo cuando ella falte? Di, ¿qué puedo hacer? ¿Vagar como un inconsolado? No. Sé que no lo haré. Piso tierra firme. Sé que a los muertos se les olvida, se les entierra y poco a poco pasan a ocupar un lugar en el pasado de la mente humana. Un grato e ingrato recuerdo, pero nada más. Nada vivo, nada palpitante, nada latente... Si es así, y de hecho ambos sabemos que lo es, yo tendré que rehacer mi vida. ¿Con quién? ¿Cómo? Has llegado tú... Te he visto moverte. Te he visto casi perfecta. ¿Casi? Totalmente perfecta.

—Kirk, ¿por qué no callas?

Él volvió a alargar la mano por encima de la mesa. Asió aquellos finos dedos alados. Los oprimió con súbita ternura que conmovió a Molly hasta lo más sensible de su ser.

—Me has dicho que mi manifiesto deseo te ofende. Tienes razón para sentirte ofendida. Pero yo me pregunto: ¿Es un deseo físico tan sólo? ¿No hay algo más poderoso, profundo y coherente dentro de todo eso? Yo creo que sí. Mira... —Su voz se hacía grata, tenue, familiar, íntima—. Soy un hombre normal. Con mis apetencias, mis necesidades, mis ansiedades. Y, sin embargo, hace un año que Ivonne está enferma, incurable. Antes de ese año un día estaba mal y al otro mejor, pero de un año a esta parte, tú lo sabes, se encamó, yo dejé de tener mujer, tuve una esposa a quien cuidar, a quien perder... —Emitió una mueca extraña, hizo un gesto vago—. Ayer mismo hablé con mi amigo y socio. Siempre fuimos algo así como hermanos. No nos hemos ocultado nada, tal vez por eso nuestro negocio es positivo. No nos engañaríamos mutuamente por nada del mundo. Y yo no tengo más amigos que a él, y a él le confío mis dudas y mis inquietudes. —Sonrió. Una sonrisa vaga, más bien desdeñosa—. Ayer hablamos de ti, de mí, de mis deseos, de mis represiones físicas... Me dio un consejo. Humano, tranquilo, razonador incluso. Y, sobre todo, coherente con mi estado de ánimo. Nunca le fui infiel a mi esposa, Molly. ¡Jamás! No quise serlo. No entró en mí esa necesidad. La misma enfermedad de Ivo ocupó mi tiempo, mi ocio si es que lo tuve. Pero ayer noche me fui dispuesto a serle infiel. A buscar un consuelo a mi desolación física y moral.

Guardó silencio.

Molly había rescatado sus dedos y miraba a Kirk sin parpadear.

Kirk miraba al frente como ido, y de súbito la miró a ella a los ojos.

—No pude, Molly. Ésa es la verdad. No tienes edad para saber ciertas cosas, pero tienes estudios para comprenderlas. No pude. Me vi como un títere buscando un segundo goce absurdo, que luego se convertiría en una desazón. Sentí asco de mí y de la vida y del ser humano que así, falsa y estúpidamente, llena las horas vacías de su vida. Y me vine a casa. Renegado, furioso, de mi cobardía o de mi debilidad o de mi fuerza demasiado íntima para doblegarla.

Creyó que Kirk continuaría con sus dolorosas confidencias.

Pero de repente le vio levantarse y aplastar las manos una contra otra.

—Ivonne está sola —dijo—. Iré a su lado mientras tú estudias.

—Kirk...

Se iba. Pero se volvió para mirarla interrogante.

—Te comprendo.

—Ya.

—Del todo, Kirk.

—Gracias.

Y se fue pisando fuerte.

Molly se quedó sola con una ceja alzada.

Sí comprendía y compadecía y sentía una gran piedad. Por Kirk, por su hermana, por sí misma...

No quiso interrogarse.

Tuvo miedo de hacerlo, por eso, afanosa, entretanto no llegaba Jane, empezó a arreglar la casa.

Sólo tenía un examen pendiente, pero sabía que no podría estudiar. Ni siquiera acudir a la facultad.

No cabía la suerte. Aquella asignatura o se sabía al pie de la letra o se dejaba, y no estaba ella para aprenderla.

Al rato llegó Jane, y como un autómata, Molly se puso a trabajar con ella.

De vez en cuando subía al cuarto de su hermana. Kirk estaba allí, sentado, mudo, absorto. Por dos veces le tocó en el hombro y por dos veces le dijo:

—Es mejor que te llegues a la oficina. Yo me quedo con Ivonne.

Kirk meneaba la cabeza negando.

Parecía una estatua. Aún con el traje de la noche anterior, la corbata aflojada, el botón de la camisa desabrochado, el cabello seco algo caído hacia la frente.

Se había llevado las primicias de sus besos, de acuerdo, pero... tal vez ni el mismo Kirk fuese responsable de lo ocurrido, sino más bien la vida misma que así atropellaba y desconcertaba y empujaba.

Otras tantas veces dejó a Kirk solo en el cuarto de su mujer, y otras tantas entró ella en el suyo dispuesta a preparar la asignatura y otras tantas dejó el libro de texto abierto.

No le era posible concentrarse.

Había en ella como un íntimo desconcierto complejo, incoherente, algo que no tenía nombre, que ella no sabía dárselo.

Fue un día agotador, doloroso, impresionante.

Se turnó con Kirk varias veces, y a la hora de almorzar, llegó Fred a ver a su amigo y a la esposa enferma.

Lo recibió Molly en el mismo vestíbulo.

—Parece que eso se acaba, ¿no? —Y después amable, cordial—: ¿Tú eres Molly?

La joven asintió.

Fred era un tipo fuerte, moreno, de grandes ojos negros. La miraba con fijeza, complacido.

—Me alegro de conocerte, Molly. ¿Cómo anda eso? Muy mal, ¿verdad?

—Agotándose.

—Pobre Ivonne. Y pobre Kirk. ¿Crees que puedo subir? ¿Que debo subir?

—Ivonne no está consciente. Yo creo que sería mejor que yo llamara a Kirk. ¿No te parece?

—Gracias, Molly.

Lo hizo. Se quedó ella con Ivonne, entretanto Kirk bajaba a ver a su amigo.

—¡Demonio, Kirk! —exclamó Fred—. Parece que de ayer a hoy has bajado seis kilos. Si casi no tienes color.

—Hola, Fred.

—Lo siento, Kirk. ¿Qué quieres que te diga? Hay cosas... que se presentan así...

—Sí, ya sé, Fred. No me digas nada.

—He conocido a tu cuñada.

—Ah.

Sólo eso.

Se diría que jamás Kirk había suspirado por Molly. Que jamás se había fijado en ella.

Fred se dio cuenta hasta qué extremo de desolación interior sufría Kirk, y trató de animarlo.

Pero fue inútil. Al rato, Fred se fue con la sensación de haber visto a un hombre diferente. Así estaba Kirk de afectado, y es que aunque sepamos que un ser querido se nos va a morir, es muy distinto a verle morir realmente.

A media tarde llegó Roger sofocado. Había trabajado todo el día y no había dispuesto de un hueco para ir a cumplir con un deber rutinario, consolador quizá, pero nada más, porque aquella muerte de Ivonne era inminente.

Ni siquiera la auscultó. La miró unos segundos y, después, seguido de Kirk y Molly, salió al rellano del vestíbulo superior.

—La suerte que tenemos es que no sufre —dijo a media voz—. Ésa es la única ventaja. Se muere sin decir ni pío. Pero creo que antes de caer en esa postración lo ha dicho todo.

—Todo —repitió Kirk, sin saber a ciencia cierta a qué se refería él mismo.

—Esta noche la velaréis los dos —les recomendó—. No es probable que salga del amanecer.

Dolía.

Era como si a Kirk le desgarraran algo dentro del cuerpo. Algo vivo. Miles de evocaciones y recuerdos acumulados. Y lo que más dolía aún era que todos y cada uno de ellos serían olvidados para iniciar de nuevo su propia vida.

No ocurriría de otro modo, porque era humano,

porque se daba cuenta de que estaba vivo y sano y que necesitaba continuar vivo y sano.

Aquella misma noche falleció Ivonne. Sin decir palabra. Sin abrir los ojos. Sólo al final tuvo como un aleteo, un soplo y después su cabeza quedó ladeada.

No hubo llanto.

Ni en Kirk ni en Molly.

Sólo una mirada, un brillo húmedo y después el silencio, mientras ambos la amortajaban.

Jane se llevó a los niños a casa de Fred. El chalet se llenó de gente. Todo el mundo andaba como si pisara plumas. Todos apretaban la mano de Kirk y la de Molly, en silencio, con fuerza, con comprensión.

Después, nada más.

El entierro al día siguiente, el regreso de los niños al hogar, las frases que se dicen a los niños de cinco y tres años cuando muere su madre o su padre.

«Se ha ido al cielo.»

«Os quiere mucho desde allí.»

Para los niños, el salir de su casa e irse a otra fue una novedad divertida. Sólo eso.

Y el regreso, una alegría.

Todo muy simple, muy humano, muy vulgar.

Kirk se encerró en su cuarto. Molly abrió el cuarto donde había muerto su hermana y con la ayuda de Jane, levantó la cama y la deshizo y limpió cada rincón.

—Qué pena da, ¿verdad, señorita Molly?

—Mucha, Jane.

No lloraba.

Había llorado desde que supo que Ivonne se moría.

A la hora de su muerte se necesitaba valentía y fuerza para ayudar a los demás.

La vida seguía su curso. Era inútil evitarlo.

La gente seguía riendo y muriendo, y llorando y viviendo...

Ellos no eran diferentes a los demás.

Quedaba algo que plantear, pero tampoco eso parecía correr prisa. Es más, a los dos días, y sin que nada se dijera aún, ella preparó la asignatura con la mayor tranquilidad...

Y se presentó al examen y lo sacó.

Kirk volvió a su fábrica de pinturas y los niños al colegio y Jane al mercado...

XIII

Un día y otro día y muchos más.

Todo volvió a su curso normal. Los niños iba al colegio, reían y lloraban, jugaban y dormían. Kirk se iba al trabajo todas las mañanas, Jane al mercado, Molly se preguntaba qué cosa haría ella en el futuro. Matricularse para tercero, ¿y qué más?

Irse de aquella casa.

Empezar una nueva vida, pero... ¿dónde?

¿Sola? ¿Con los niños?

Kirk no parecía dispuesto a abordar el tema. Al principio, durante los primeros días andaba silencioso, como una sombra. Iba al cementerio solo, todos los días, después dejó de ir todos los días e iba sólo los domingos, luego no fue todos los domingos, sino de vez en cuando.

Se inició el verano. Los niños tuvieron vacaciones. Jugaban en el pequeño jardín tirados al sol. Jane reñía con su voz atiplada de siempre. Molly era la que andaba silenciosa, como absorta.

Había que plantear el problema. No se iba a quedar allí todo el resto de su vida. Su existencia no estaba allí. Había por medio aquella promesa. ¡Los niños!

Pero... ¿sería Kirk capaz de prescindir de sus hijos?

Lo dudaba.

A veces, desde la ventana de su cuarto veía llegar al padre. Menos pálido, más sonriente, ya natural, como si la muerte de Ivonne fuese algo que se iba desvaneciendo en el olvido y así era. Lo veía junto a sus dos hijos y jugar con ellos y saltar detrás de la pelota. Incluso a veces los pillaba a ambos en brazos, los metía con él en el auto y los llevaba a un cine infantil en el mismo barrio y luego regresaban todos, los tres, felices y satisfechos, contándose unos a otros lo ocurrido en la película.

No, no creía a Kirk capaz de deshacerse de sus hijos.

Y lo consideraba muy natural. Pero a ella le dolía. Les había cobrado afecto a todos. A Jane, a los dos niños, a él...

A él, sí.

A él también.

Un afecto turbador, cohibido, extraño, complejo, pero cuya complejidad no se atrevía a descifrar.

Fue aquella tarde que Kirk llegó un poco antes.

Aún brillaba el sol. Los dos niños jugaban en el jardín y al ver llegar a su padre, se lanzaron hacia el auto.

Kirk frenó en seco.

Max y May saltaron al interior del vehículo, gritando.

—Llévanos al cine, papi. Anda, anda.

Kirk los abrazó a los dos a la vez. Ella se hallaba en la ventana, silenciosa, absorta y presenciaba la escena con expresión llena de ternura.

—Callaos, caramba —decía Kirk, gritando—. Pero si seréis locos.

—Llévanos al cine —decía Max, abrazado a su cuello.

Fue cuando Kirk elevó un poco la cabeza y la vio a ella.

Sus ojos se cruzaron.

Fijos, quietos un segundo.

Después, Molly oyó la voz de Kirk un poco ronca. Algo extraña como confusa:

—¿Vienes tú, Molly?

—¿Ir? —Oyó su propia voz, tan confusa o más que la de Kirk—. ¿Adónde?

—Al cine. ¿No oyes? Estos niños no me dejan vivir... Nos da tiempo, antes de cenar. Es aquí cerca. Te aburrirás, pero... también yo me aburro viendo una película de dibujos animados. ¿Vienes?

—Es que... no estoy vestida.

—¿Estás desnuda? —preguntó él, riendo.

Era otro Kirk.

Ni aquel sádico que buscaba sus labios como un avaricioso, ni el hombre dolido y atormentado vestido de negro que iba detrás del féretro de su mujer.

Era, por el contrario, un hombre normal, conformista, natural. Ni felicísimo ni tristísimo. Un tipo lleno de vulgar naturalidad.

—No, no —dijo ella, confusa—. Estoy vestida, pero...

—Mujer, que no vamos a una fiesta.

—Anda, tía Molly.

Aún oyó la voz de Kirk... ¿suplicante? Por lo menos anhelosa:

—Baja, Molly. Estás bien vestida así...

Se retiró de la ventana.

De pie en su cuarto, respiró profundamente.

¿Deseaba aquel aislamiento o prefería compartir la comunidad del padre y los hijos? Alzó una ceja. No lo sabía. Pero lo cierto es que bajó y subió al auto con ellos y hubo de compartir la alegría de los dos niños y la compañía grata, sencilla, amable del padre.

No fue sólo aquel día. Fueron muchos más.

Se dilataba la explicación. Se diría que Kirk huía de aquella explicación, de aquel planteamiento que los llevaría a un fin concreto.

Fue así que se fue quedando. Un mes, dos meses...

Tres meses...

La vida discurría feliz. Los niños eran inmensamente dichosos. Kirk parecía, incluso, más hablador, pero jamás rozaba el tema de ambos, del pasado, ni se mencionaba el futuro. Se vivía el presente. Se comía en mesa redonda, los cuatro, servidos por Jane. Se iban de excursión los domingos. Kirk andaba más por casa. Casi siempre regresaba pronto y se iban al cine o hacia la periferia de la ciudad, y mientras los niños jugaban por un prado, ellos hablaban de cosas intrascendentes, como si de mutuo acuerdo aquel planteamiento del futuro doliera y se suspendiera.

Pero estaba allí.

Ambos lo sabían.

Es más, aquel día, cuando ya Kirk iba a marcharse, el curiosón de Fred insistió de nuevo:

—Sigues sin decir ni pío.

—Ni ella.

—Pero el asunto está ahí... No puedes detenerlo ni ahuyentarlo.

Lo sabía.

—Pero somos felices así, Fred.

—¿Una falsa felicidad? No la vas a eternizar. Además, Molly empieza luego las clases. ¿Te has planteado ese problema?

—No.

—Pues sé realista como siempre lo has sido.

Kirk se menguó en el enorme sillón. Miró a su amigo con ansiedad.

—¿Cómo?

—¿Cómo, qué?

—¿Cómo lo planteo? ¿Prescindiendo de ella?

—No puedes. Díselo así.

—Es que... ¿y si me rechaza?

—Mira, Kirk, baja de las nubes. Tú la amas. Eso está más claro que el cristal. Bien. ¿Y ella? ¿Dónde tiene a sus amigos? ¿Sale con ellos? No, sale contigo y los niños. Se acopló a ti... Os divertís juntos. Tú temes tocar el tema, ella no lo facilita, pero eso no quiere decir que no desee que tú lo plantees.

Kirk aplastó la mano contra la mesa y como siempre, fue encogiendo los dedos hasta cerrar el puño.

—No soporto la idea de que se quede conmigo por no separarse de los niños. Ni siquiera me interesan más hijos con ella. ¿Te das cuenta? La quiero a ella, a ella para mí, para mi alcoba, para mi vida más íntima, para mi hogar. Pero no sería capaz de soportarla por caridad. Mira,

Fred, mira y escucha. Cuando vivía Ivonne me hubiese acostado con Molly si me lo pidiera. ¿Ves la diferencia? O si yo se lo pidiese a ella y ella aceptara. ¿Ves qué monstruosidad? Pero esto es distinto. La quiero a ella, como un loco. Como nunca quise a mi primera mujer. La quiero de modo diferente porque a la par que me apasiona todo en ella, la deseo y la amo. La necesito en mi vida afectiva y sexual, para mi goce y mi ansiedad, para mi anhelo y mi realidad. Mira, Fred —añadió, encendiéndose y excitándose—, mira, cuando sin querer toco su mano, me entra un escalofrío. Cuando la tengo sentada a mi lado en el cine, siento deseos indescriptibles de asirla contra mí. Cuando miro su boca me excito, cuando...

—Bueno, Kirk, que no eres un crío. Díselo así. Ella es joven, de acuerdo, pero es lista, es inteligente, sabe lo que es la vida. No ha pasado por ella sobre plumas, caramba, ha pasado sobre espinas y las ha aplastado. No te vas a declarar a una muñeca frívola de escaparate. Te vas a declarar a una mujer llena de sensatez.

—Jamás en toda mi vida me sentí más cobarde —dijo Kirk, calmándose y pasando una y otra vez la mano por el pelo—, jamás. Yo siempre me atreví a todo. Fui audaz y tú lo sabes. Cuando decidimos montar este negocio no poseíamos ninguno de los dos un centavo, pero apechugamos con las deudas y no me importó solicitar créditos, hacer volatines hasta salir a flote. Cuando me llegó la hora de decirle a Ivonne que la amaba, se lo dije sin preámbulos. Pero esto es diferente. No sé si son mis treinta años, luego treinta y uno, y su edad de veinte...

No sé si es su juventud, su belleza, su inteligencia, su cultura.

—Déjate de demonios encendidos, Kirk —vociferó Fred, con su humana ordinariez—, hay amor por medio. De no haberlo, ¿qué cosa iba a hacer ella en tu casa? ¿La ves desgraciada a vuestro lado?

—No, pero tal vez el afecto que les profesa a mis hijos...

—No me cuela eso, Kirk. Ni lo repitas. Una mujer de su edad, de su cultura, de su inteligencia, no se sacrifica por los dos niños, por muy sobrinos de ella que sean. Díselo, puñeta. Ármate de valor y aborda el tema. ¿Que no quieres fracasar o temes fracasar? Busca otro lado. Dile que puede irse cuando guste, que tú no la retienes. Incluso dile que le cedes a los niños para que vivan con ella...

—Estás loco.

—Ah, ¿no fue eso lo que le prometiste a tu mujer?

—Yo no me separo de mis hijos, jamás.

—Bien, de acuerdo. Siempre me lo imaginé. Pero dile algo a ella. Estúdiala. Bésala, porras. Hazla reaccionar.

—Salimos juntos todos los días. Hablamos...

—¿De qué? —le atacó Fred.

Kirk quedó algo cortado.

—¿De qué? —se preguntó a sí mismo—. No sé, de cosas. De todo, sí, menos de nosotros mismos.

—Invítala a salir esta noche contigo después de acostar a los críos.

—¿Qué dices?

—¿Tan raro es?

No.

Era inquietante.

Salir con ella. Sentirla cerca para sí solo.

Era como una turbación nunca experimentada.

Así había aprendido a quererla. A no poder prescindir de ella.

—Kirk...

—Sí.

—Parece que quedaste atontado.

—¿Y si me rechaza?

—Llévatelo por delante —dijo Fred, que no se andaba con chiquitas—. Si piensas perder, fíjate qué bien si ganas.

—Para ti es fácil, porque no sientes.

—Amo a mi mujer —dijo Fred con firmeza—, y no me hables de prescindir de ella. De modo que...

—Es diferente.

—¿Porque tú eres mejor que yo?

—No saques las cosas de quicio, Fred.

—No las saco, ea. Pero pon coto a tu íntima desesperación. O sí o no, pero acaba cuanto antes. Hace tres meses que falleció tu mujer y sigues en las mismas. Ella en tu casa, tú a su lado... ¿Qué va a pasar?

—Está bien —le cortó Kirk resuelto, pero no tan seguro como él se creía—, le hablaré hoy. Esta tarde. Esta noche. La invitaré a salir...

—Eso está mejor. Las cosas claras, Kirk. A medias nada es sincero. Hay que dialogar y llegar a un acuerdo o no llegar, pero, por lo menos, saber a qué atenerse.

XIV

Llegó tarde adrede. Procuró que los niños ya estuviesen acostados.

Hacía días que sentía una rara sensación en su hogar. Como si Molly le rehuyese, y eso que salían juntos, pero rara vez encontraba la sinceridad de sus ojos grises. ¡Sus glaucos y maravillosos ojos pardos, tan claros! Se diría que le rehuían, que se sofocaba el rostro juvenil.

Era bonita.

Tremendamente bonita y joven. Escandalosamente y deliciosamente joven.

Jane tenía la mesa puesta para dos cuanto él llegó. Molly no estaba en el *living*. Kirk miró a un lado y otro.

—¿No está la señorita Molly? —preguntó Kirk.

Y le entró un escalofrío imaginando que pudiera haberse ido. No lo soportaría.

—Ha subido a su cuarto. Me dijo que la llamase cuando usted llegase.

—Pues... llámela. O si no, no, deje. Iré yo a buscarla. —Y cuando ya se dirigía a la puerta del *living*—: ¿Están dormidos los niños?

—Sí, señor. Como el señor hoy llegó más tarde... Estaban entusiasmados por ir al cine, pero se durmieron, la señorita Molly los llevó a la cama. Hace un buen rato que no siento nada.

—Gracias, Jane.

—¿Sirvo la cena, señor?

—Aguarde un poco.

Se dirigió a la parte superior.

Ahora, en la alcoba de Ivonne estaba el cuarto de jugar de los niños. Lo había montado todo la misma Molly. Muñecos, un diván, pelotas...

Mejor.

Todo quedaba allí, perdido en el olvido.

Y a su pesar, pensó en aquella frase del poeta: «Qué tristes y solos se quedan los muertos». Pero él estaba vivo y amaba, y jamás dejaría de recordar a Ivonne como una esposa fiel y honesta, aunque enferma y después de muerta.

Subió los seis escalones y atravesó hasta el fondo el vestíbulo superior.

Se detuvo ante la puerta de la alcoba de Molly. El solo pensamiento de verla, producía en él aquella ansiedad incontenible.

—Molly —llamó.

Silencio.

Su voz vibró de nuevo de modo más intenso:

—Molly... ¿estás ahí?

La puerta se abrió en aquel instante.

Apareció Molly, con sus pantalones tejanos pespunteados, su camisa verdosa, de manga corta, su aire aniñado, con una madurez extrema en sus ojos glaucos.

—Ya bajo —le dijo.

Y parecía dispuesta a salir.

Pero Kirk se sintió audaz. Como cuando decidió montar una fábrica de pinturas sin un centavo.

Sin pronunciar palabra la empujó hacia el interior de la alcoba y entró él también. Se quedó pegado a la puerta. Molly ante él, mirándole sofocada, interrogante.

—Kirk... ¿por qué?

—No sé —dijo él a lo tonto.

—¿No... sabes?

Se echó a reír.

Una risa falsa, cuajada, como atragantada o forzada.

—He venido un poco más tarde —dijo.

Y dejó de reír.

Se puso serio.

Tremendamente serio.

Molly ya no lo miraba. Parecía confusa. Roja como la grana.

—Los niños... te esperaron.

—Sí.

Pero no dijo más.

Un silencio.

Después...

—Molly, te invito a salir conmigo esta noche.

—¿Esta... noche?

Y abrió los ojos desmesuradamente.

—¿Por qué no? —dijo él, aturdido.

—No sé.

—Molly, tengo que hablarte.

—¿Ha... ha... hablarme?

—Sí, de ti, de mí, de nosotros dos...

Molly se dio media vuelta.

Quedó de espaldas.

Su voz sonó algo fofa. Algo vibrante. Muy vibrante en realidad.

—Hemos de plantear la cuestión, ¿verdad?

Kirk dio un paso al frente.

—¿La cuestión?

—Debo... irme.

—¿Irte?

Y la sostenía nerviosamente por los hombros.

Otro silencio.

Confuso, extraño.

Fue él quien preguntó quedamente:

—¿Irte? ¿Adónde?

—A mi vida...

—¿Dónde está tu vida, Molly?

Y la volvió.

Hacia él.

Sin separarla de su cuerpo.

Se encontraron sus ojos. Fijos, fijos los de ambos.

Parpadeantes, después los de ella.

Asombrados los de él.

—Molly, ¿qué te pasa?

Iba a gritar.

A decirle que no quería irse. Que quería quedarse. Que no concebía su vida lejos de ellos.

¿De los niños?

¿Sólo de los niños?

No, mil veces no. De él, de él, del hombre que era él.

—Molly... —Le hablaba cerca de la boca—. Molly, ¿qué nos pasa?

No lo supieron.

Se pegaron uno a otro.

Fue a la vez. Ni él se adelantó, ni se adelantó ella. Fue un encuentro mutuo, a la vez, como una fusión incontrolada.

Ninguno de los dos supo jamás quién besó primero.

Las bocas se fundieron como sus cuerpos, se hurgaron, se reconocieron...

—Te quiero, Kirk —dijo Molly, ahogándose—. Sí, sí te quiero... No sé cuándo empezó. Ni en qué instante, ni cómo. Eso es la verdad. Te quiero...

Kirk no podía decírselo. La besaba. Le arrancaba el alma en aquel beso, el goce infinito, el placer voluptuoso...

Pudieron dejar a los niños en casa de Fred.

Pero no lo hicieron.

Ni siquiera se pusieron de acuerdo para pensarlo. Lo pensaron sin más. Se casaron. Estaban allí, en la alcoba de Molly, y los niños dormidos.

—No poder llevarte de viaje me descompone.

—Calla, calla.

—¿Y después?

—¿Después... cuándo?

—¿Vas a seguir estudiando?

Ella reía.

Estaba en sus brazos.

Se oían los ruidos de la avenida.

El canturreo de Jane en la cocina.

—No —dijo, la voz baja, confusa—. No... Tengo bastante que estudiar en tu casa y mi casa, que es la misma casa.

—Y los niños.

—Sí.

—Molly.

—No.

—¿No?

No quería que le dijera otra vez cómo la quería. Lo sabía. Estaban vivos ambos, eran vigorosos, felices, jóvenes... Ella sentía vergüenza. Estaba allí entre sus brazos.

Sintiendo sus besos.

Pecadores, viciosos, tiernos, confusos, voluptuosos.

—Molly.

—No.

—¿No quieres que te diga nada?

—Ahora, no. Quiéreme. Eso nada más.

—¿Y no lo estoy haciendo?

Más, infinitamente más. Que la quisiera hasta la saciedad.

Y tanto la amaba él y tanto se lo demostraba, que ella casi se desvanecía.

—Kirk. Oh, Kirk...

—Pequeña sabelotodo...

—Pero si no sé nada.

Claro.

Lo aprendía en aquel instante.

Atrás quedaba todo. La enfermedad, la muerte... Sólo un recuerdo grato para el pasado, tierno y piadoso para la muerta. Pero ellos estaban vivos y eran jóvenes y aquella noche se habían casado, y de nuevo Fred había apadrinado la boda de su amigo.

Y su amigo estaba allí con su mujer, y su mujer era Molly.

La chica que empezó deseando y que un día le dijo que la ofendía su deseo y que, sin embargo, la estaba deseando igual y ya no la ofendía ese deseo...

Abajo, Jane canturreaba. Y los niños dormían y la vida continuaba en aquella alcoba donde un hombre y una mujer vivían, se conocían, se entregaban...

Esta obra se terminó de imprimir en junio del 2006 en
Litográfica Ingramex, S.A. de C.V.
Centeno 162-1, Col. Granjas Esmeralda,
México, D.F.